Un virtuose

Victor Gyula

Un virtuose

Roman

© 2020 Victor Gyula

Éditeur : BoD-Books on Demand
12-14 rond-point des Champs-Élysées, 75008 Paris
Impression : Books on Demand, Norderstedt, Allemagne

Photo de couverture : Victor Gyula

ISBN : 9782322252978
Dépôt légal : Octobre 2020

Chacun a un talent inné, mais à un petit nombre seulement est donné par nature et par éducation le degré de constance, de patience, d'énergie nécessaire pour qu'il devienne véritablement un talent, qu'ainsi il devienne ce qu'il est, c'est-à-dire : le dépense en œuvres et en actes.

F.W Nietzsche,
Humain, trop humain, 263

1. UNE RENCONTRE

C'était un matin de janvier, dans le hall de la Gare Montparnasse. Froid glacial, chauffage limité. Je l'avais repéré de loin : son corps élancé, ses membres fins, une silhouette à la Lucky Luke... mais sans le chapeau. Jeans et chemise noirs, gants de soie. Raide, tremblant légèrement, il s'était planté à côté du piano. Une fille jouait la quatrième fugue du *Clavier bien tempéré*, avec une douceur résolue. Ça commençait comme une marche funèbre, avant de s'éclaircir en lignes mélodiques apaisantes. Elle était fine, de longs cheveux ramenés en arrière laissaient voir sa nuque et ses oreilles, un regard concentré... une espèce de sylphide. Lui se tenait tout près. Sous le charme, amoureux éconduit ou timide ? Accord final (do dièse mineur), point d'orgue : elle se leva, se dirigea vers les départs Grandes Lignes. J'attendis, curieux de voir comment il allait s'y prendre. Il resta figé devant le piano, comme un insecte devant du sucre au milieu d'un piège, hésitant. La fille s'éloignait sans qu'il tourne la tête. Sa pâleur était extrême, sa maigre silhouette égarée dans le hall, ressemblait à une tour d'allumettes. Il allait se trouver mal. Je le rejoignis en quelques pas, le récupérai avant qu'il ne s'effondre. Il ne pesait presque rien. La fille avait disparu.

Un peu plus tard… il s'était remis, avait repris des couleurs. Nous partagions une table au café Montparnasse. Il me racontait sa vie, ses yeux tristes dans les miens. A deux ans la découverte de l'instrument, les notes apprivoisées comme des oiseaux sauvages et dociles, à sept ans les leçons avec le Maître madrilène, à dix ans les premiers concerts, sept heures par jour de travail acharné, une jeunesse consacrée à quatre-vingt-huit touches.

— Pour moi ce clavier, c'était le monde. J'y étais chez moi. Savoir ce qu'on fera de sa vie avant même de savoir parler, ne jamais en dévier, c'est une bénédiction. C'est aussi… dangereux.

Propos étrange, qui sortait d'un visage tourmenté. Des cernes semblables à des tunnels, les épaules arrondies comme sous un poids. Il évoqua la solitude, l'isolement. Je m'étonnai. J'imaginais les musiciens solidaires, formant une sorte de communauté soudée, immergée dans un monde plein. Il secoua la tête.

— Ce n'est pas si simple. Il y a les Maîtres, mais il faut s'en défaire pour aller plus loin. Ils ne peuvent pas devenir des amis. Les musiciens avec qui on joue ? Nos relations se limitent à la musique. Quel intérêt d'aller boire un verre ? Tout est banal à côté des notes.

Je l'interrogeai sur la pianiste de la gare. Il eut un air surpris.

— La fille ? Elle jouait assez mal. Son *rubato* sur du Bach… En même temps, pour une pianiste amateur…

Elle ne l'intéressait pas. J'avais mal compris la scène. Il regarda dans le vide quelques instants, hésita :

— C'est le piano…

— Le piano ?

Je le comprenais de moins en moins. Il reprit :

— A vingt ans, j'avais signé pour deux disques, un Liszt et un Bach, avec la Deutsche Grammophon. Le premier était facile. Pour le second… je me suis préparé deux ans, c'était si compliqué. Liszt coule sous les doigts. Il faut maîtriser les notes et la vitesse, mais le sens me semblait évident. Alors que Bach : il faut jouer et entendre ensemble toutes les voix. S'il y en a une qui domine les autres, ce n'est plus du contrepoint, c'est une mélodie avec un accompagnement. Vous voyez la différence ?

— Je crois. Penser à plusieurs choses en même temps ? Pas facile.

— Il faut que les voix soient égales, mais aussi qu'elles soient variées. Il faut se dédoubler, et même se diviser en trois, en quatre ! C'est inhumain. Bach écrivait pour Dieu. La perfection, l'harmonie céleste. Tout est à sa place.

Il me regarda à nouveau et poursuivit, plus intense.

— Glenn Gould n'y est pas arrivé. Trop excentrique. Pas assez discipliné. C'est un bel échec pourtant. Il m'a aidé à trouver la clé. Si j'avais terminé ce disque… mais il n'est jamais sorti. J'en étais au milieu…

Sa voix de baryton était descendue d'une octave. Il ôta ses gants et posa ses mains sur la table. Elles étaient couvertes de lignes blanches, comme des toiles d'araignées durcies.

— L'épuisement après ces journées d'enregistrement…

Il cherchait ses mots. Une nouvelle hésitation, un regard vers moi.

— Je n'ai pas fait attention en sortant du studio. Un motard qui roulait trop vite. Les médecins m'ont dit que ma survie « *tenait du miracle* ». Après trois opérations, une rééducation de six mois, j'ai retrouvé mes mains. Elles étaient… « *fonctionnelles.* »

— Alors…

— Elles fonctionnaient, mais l'auriculaire de la main droite ne suivait plus, dans les passages difficiles. Un problème de vitesse. Je pouvais jouer comme un amateur. Pour moi c'était pire que ne pas jouer du tout.

Il tremblait à nouveau. Je crus qu'il allait se mettre à pleurer, mais il se tut. Et reprit :

— J'évite les pianos. Je ne vais pas au concert, je n'écoute plus de musique, je ne regarde même pas la télévision. On ne sait jamais. Mais aujourd'hui je suis entré dans cette gare…

Il sembla pensif un instant.

— C'est peut-être mieux comme ça. Comme ces gants. Ils me cachent les cicatrices, ils me les rappellent aussi. Il serait temps que je passe à autre chose.

Il se leva soudain et me serra la main.

— Merci.

Il quitta le café en laissant les gants sur la table.

Il m'avait dit son nom : Christophe Giraldo. Je trouvai le disque des études de Liszt. Il dominait la partition, avec plus de facilité encore que Cziffra, et un étourdissement venu de plus loin. Cziffra, flamboyant pianiste tzigane, avait porté de lourdes charges pendant la guerre. Il s'en était sorti, avait repris ses tournées, avec des bracelets pour atténuer la souffrance. Il n'avait pas renoncé. L'histoire de Giraldo avait l'amertume d'un gâchis.

Je cherchai aussi des traces de son Bach. Un article de la revue *Diapason* mentionnait le projet avorté. L'auteur avait assisté à une séance en studio. Il prétendait que Giraldo avait dévoilé quelque chose de nouveau, un mur invisible avait été franchi. Il fallait le croire sur parole : Giraldo avait récupéré les bandes, personne ne les entendrait plus. L'article me laissa perplexe, je le trouvais filandreux. On y trouvait cette phrase : « *Sous les doigts agiles de Christophe Giraldo, les voix du Cantor n'avancent plus séparément, mais ensemble, telle une confrérie d'anges dont les membres, mystérieusement articulés, s'accordent sans que l'un n'ait jamais à hausser le ton, et pourtant chacun est entendu et chemine, court et virevolte. C'est l'harmonie céleste.* »

C'est dangereux. Je comprenais. Giraldo avait perdu plus que la vie. J'espérais qu'il s'en sortirait. Sa poignée de main était ferme. Il était temps pour lui d'apprendre à faire autre chose. Il n'avait pas trente ans.

Je n'entendis plus parler de lui. Il m'avait laissé un désir : réaliser mon potentiel. Jusque-là, je flottais. Je n'avais pas de talent exceptionnel, ni la patience d'apprendre à manier un instrument ou un bistouri.

Mais j'étais capable de concentration et d'effort. J'avais aussi une idée : remettre de l'ordre dans le chaos du monde. Ma voie était toute tracée.

2. DIX ANS APRES

J'aurais pu devenir professeur de lettres ou attaché culturel d'ambassade, et réussir dans mon domaine... mais je n'aurais pas connu les mêmes succès rapides et concrets. C'était aussi réjouissant qu'arracher les mauvaises herbes. On sait qu'elles reviendront, mais on a fait œuvre utile. Et l'acte d'arracher est source, en lui-même, d'une intense satisfaction. Le moment où la racine cède et sort de terre : la preuve de la force du jardinier. Et quand on jette les plantes parasites dans le tas d'humus : le rangement, l'ordre, l'harmonie retrouvée ! En les observant de près, on pourrait leur trouver des qualités esthétiques : le jaune brillant de la renoncule rampante, le cirse des champs et ses graines volantes, le chiendent aux rhizomes souterrains, le liseron blanc comme du lys... on serait presque tenté de les épargner. Mais il faut rester ferme. Elles nuisent à l'ensemble, elles menacent les roses et les arbres fruitiers. Bref, elles nous empoisonnent la vie. Arrachons donc, et jetons ces erreurs de la nature dans le compost où elles pourront se rendre utiles. J'éprouvais dans mon métier une sensation très proche, même si je savais qu'à la différence des plantes, les salopards que j'avais arrêtés, une fois tassés dans leurs cellules, étaient bien incapables de se décomposer en terreau fécond.

Je travaillais dur. J'écoutais souvent de la musique mais pas pour me détendre : pour me concentrer. Je lisais beaucoup. Un policier sans lettres est comme un arbre aux faibles racines : à la merci du vent. Les livres me confortaient dans la certitude d'exister.

J'avais un sentiment d'urgence. L'idée que si je m'arrêtais, le chaos s'étendrait. Seul, il m'arrivait de perdre pied, de ne plus savoir qui j'étais. Je replongeais dans le travail : le désherbage des criminels donnait un sens au monde. Pour les autres c'était un métier, pour moi c'était l'ancrage dans la vie. Différence qui explique mes progrès si rapides. Dans les années qui suivirent la gare Montparnasse, j'accumulai les points : des proxénètes aux trafiquants d'héroïne, enfin aux djihadistes. Chassés de Raqqa et Deir-Ezzor, les daechiens s'étaient déchaînés. Ils étaient devenus la priorité absolue des Ministres. On y mit les moyens : à coup d'infiltrations, perquisitions, répression... la menace finit par être éradiquée, aussi complètement que les parasites après dix épandages de Roundup. Je cherchais un nouveau défi, j'obtins une affectation à la BSAB, consécration ultime. C'était sept ans après ma rencontre avec Giraldo. Trois ans plus tard, on me confiait l'affaire Joukov... ma sortie de route. Au total : dix ans.

Après coup, tout découle d'une logique imparable. Mais lorsqu'on est sur le parcours, il paraît sinueux. Pour comprendre, il faut revenir au premier jour de ces trois dernières années.

Un lundi de septembre, je traversai la rue Marie-Georges Picquart, dix-septième arrondissement, quartier Batignolles. Ciel dégagé, température douce. De loin, le bâtiment ressemblait à un Lego géant : blocs de béton posés les uns sur les autres en quinconce, comme en équilibre précaire, dominant les voies ferrées de la gare SNCF Cardinet. Grandes baies vitrées, masse rassurante et moderne : les locaux neufs de la BSAB, ma nouvelle affectation. Mes trophées m'avaient valu d'être choisi. Ils ne prenaient que les meilleurs.

Un groupement d'élite, pour combattre la mafia russe en France. La *Bratva* avait creusé ses galeries sous nos yeux, quand nous traquions les derniers djihadistes. Les oligarques avaient débarqué les premiers, remplaçant les Qataris. Puis les anciens du FSB avaient suivi. Ensemble, ils avaient mis la main sur les activités payantes : jeux, prostitution, trafic d'organes, racket. Ils étaient partout. A défaut d'avoir vu venir, on réagissait… comme un jardinier, devant son gazon couvert de mottes de terre, se met en quête d'un traitement taupicide.

Un Ministre avait eu l'idée : *Brigade Spéciale Anti-Bratva*. Le sigle était inscrit sur la façade. Levant les yeux sous le vent léger du matin, je m'entraînai à le prononcer. La sonorité m'évoquait celle d'un silencieux : *bsab, bsab, bsab*. Sur la grande porte vitrée, l'image était gravée : un personnage athlétique écrasant une masse informe, sur fond bleu blanc rouge. Le blason de la BSAB… Certains discernaient, dans la bouillie terrassée, un ours, symbole de la Russie éternelle. Le dessin était flou, pas de quoi susciter l'intervention du Kremlin.

Dugommier m'accueillit à l'entrée. Tête carrée, cheveux épars, regard au laser derrière ses lunettes fines (presque invisibles). Poignée de main étonnamment douce, comme une caresse. Des paroles rares, une voix métallique : le patron de la BSAB. Il m'avait repéré dans le fichier des ressources humaines.

— Vous avez un beau palmarès.
— Merci. C'est un travail d'équipe.

J'avais dit ça pour paraître modeste. Cinq minutes plus tard, ouvrant la porte de mon nouveau bureau, doté de mobilier neuf et avec vue dégagée sur les voies ferrées du Transilien, j'éprouvai la plénitude que donnent les promesses du succès.

A midi, Dugommier nous réunit dans l'amphi. Face à l'ensemble de la brigade, sur l'estrade, il improvisa un discours, une sorte de feuille de route :

— Les Russes ont bénéficié d'une conjonction des astres. Nous étions occupés par les islamistes, et les concurrents n'étaient pas au niveau. Les Roumains brouillons, les Corses et les Marseillais affaiblis par les règlements de comptes, les Toulonnais pris dans la politique, les réseaux algériens décimés par l'anti-terrorisme… et les Parisiens hors-jeu depuis Jo Attia et Pierrot le Fou. Mais leurs beaux jours sont finis. La chasse à l'ours est ouverte ! Apportez-moi des têtes. Si vous avez besoin de plus de moyens, n'hésitez pas. Les crédits sont ouverts, il faut en profiter.

J'avais demandé un adjoint solide. On me trouva un type motivé, qui venait de la DGSI. Un mètre quatre-vingt-dix, troisième dan d'aiki-ju-jitsu, diplômé de l'École Centrale Paris. A son actif, l'élimination de trois cellules de Daech. Il connaissait quelques mots de russe, reste de ses études. Pas plus que moi, il n'avait de temps à perdre. Nous nous mîmes au travail.

Trois mois plus tard, nous avions fermé deux salles de jeu près des Buttes-Chaumont. Au bout de six mois, nous avions coincé les racketteurs qui s'en prenaient aux bijoutiers. Après neuf mois, deux maisons clandestines, un réseau de trafiquants d'embryons. Nous commencions à dessiner les organigrammes.

Tout en bas : la force brute. Les soldats commandos, outils percutants pour les grandes occasions. *Spetsial'noïe Naznatchéniyé* : *Forces à but spécial.* En plus court : *spetsnaz*. Opérations coups de poing en Tchétchénie dans les années 2000. Combats rapprochés aux côtés d'Assad après 2010 en Syrie. Donbass, Géorgie, Crimée, Belarus, Chypre, Kosovo... ils avaient laissé leurs traces un peu partout, telle une nuée de sauterelles létales. Ils avaient pris leur retraite, abandonné leur blason à deux aigles portant épée surmontés d'une couronne impériale, et mis leurs compétences au service de la *Bratva*. En cas de problème, ils nettoyaient.

Au-dessus : des couches intermédiaires. Demi-soldes, contremaîtres, managers... Une organisation bien rodée, souple, mêlant hiérarchie et prestataires indépendants. C'était notre terrain de jeu, là où nous réalisions les arrestations, et recrutions les indics.

En haut… c'était le plus difficile à percer. Nous étions partis des oligarques, qui se montraient partout. Anton Banine avait racheté Hédiard à la barre du tribunal de commerce. Il avait fait la Une de *Paris Match*, posant devant la confiserie mythique de la Madeleine. Anatoli Glazkov, toujours un cigare à la main, avait sauvé la chaîne de magasins d'électronique Boulanger et ses emplois menacés par les ventes en ligne. Il prétendait que le commerce de proximité avait de l'avenir. Mais derrière les beaux discours… ils s'étaient diversifiés, entourés de vétérans des services secrets, et utilisaient leurs entreprises pour abriter les trafics. A force de recoupements, nous finîmes par comprendre. Les hommes d'affaires n'étaient que des façades rigolardes. Les vrais maîtres étaient les anciens du FSB.

Un an après mon arrivée à la BSAB, nous avions identifié le sommet de la pyramide. Les noms étaient punaisés dans mon bureau, avec leurs photographies. J'avais de longues listes des horreurs qu'on leur attribuait. Aucune preuve. Aucun témoin vivant. Les quatre Cavaliers de l'Apocalypse… on pouvait leur donner tous les surnoms qu'on voulait, ça ne changeait rien, ils restaient intouchables. On démontait une partie de leurs réseaux, on arrêtait des sous-fifres. Impossible de remonter jusqu'à eux.

Je rêvais d'eux la nuit. Je tournais en rond. Quand je pensais avoir parcouru un bout du chemin, la distance s'était encore accrue, comme chez Lewis Carroll. Mais l'horrible reine du pays des merveilles était bien gentille… je trouvais même à la Baba Yaga des airs de grand-mère attendrissante. Je faisais face à bien pire. Je revenais toujours à ces photos affichées sur le mur, face aux voies ferrées. Je murmurais leurs noms comme un exorcisme. La section française de la *Bratva,* avec ses yeux tranquilles.

Quatre noms. Quatre photos.

Andreï Joukov : photo prise à distance, visage fermé, tourné vers le téléobjectif tandis qu'il ouvre la porte d'un 4x4 BMW noir à la sortie du 36, rue de Lübeck. Cliché rare (trajets en vitres teintées, évite d'être vu en public). Aspect : un mètre quatre-vingt-dix et cent-cinquante kilos, chauve. Tel un bonhomme de neige humain. La force occulte derrière le groupe Boulanger (le jeu, la drogue).

Arkadi Blokhine : pose de dandy, costume prince de Galles taillé sur mesure et pochette colorée. Cheveux blonds ondulés. Léger double menton, souriant, à l'aise. Une photo parmi des dizaines, prise à la tribune d'un colloque. L'homme ne se cache pas. Fonction officielle : directeur dans une fondation pour l'amitié franco-russe, siège au 31, rue du Faubourg Saint-Honoré. Activités présumées : racket, trafic d'héroïne.

Alexeï Vodoleiev : barbe finement taillée, entre le roux et le brun, la couleur de ses cheveux. Un faux air de Tchekhov, ou Lénine (en plus fin, plus svelte et avant la calvitie). Photo prise à l'aéroport (vol pour Téhéran). Fixe l'objectif, ironique et sûr de lui, l'œil pétillant. Conseiller spécial auprès du PDG d'Hédiard. Activités supposées : trafic d'organes.

Vladimir Kholodov : visage large et menton carré, masse de muscle, l'air d'un paysan des steppes. Longue cicatrice traversant la joue gauche, cheveux noirs en bataille, tatouage de *spetsnaz* visible sur la main droite. Photo prise à distance, à travers la vitre d'un hôtel au moment où il lève la tête. Photographe inconnu. Seul cliché disponible (presque un fantôme). Domine les réseaux de prostitution.

Les quatre Cavaliers. Pièces centrales d'un jeu où les rois, les reines, les tours et les fous n'étaient que des figurants.

— Ce n'est qu'une question de temps. On les aura.

Dugommier était confiant en nos capacités. Je l'étais aussi, au début… mais leurs regards imperturbables, narquois, sur mon mur, finissaient par me faire douter. Leurs regards, et le reste.

3. RONCES

Arracher des mauvaises herbes : un plaisir sans ombre. Enlever des ronces, c'est différent. On se pique, à moins de porter des gants d'une qualité exceptionnelle. Elles s'entremêlent, se recouvrent, ne laissent aucun passage sûr. On peut s'écorcher les jambes en se concentrant sur la protection des mains. Il arrive qu'on découpe la tige d'un framboisier, en voulant le libérer des épines qui l'entourent. Une fois la ronce arrachée ou découpée, le travail est loin d'être fini. Il faut la déplacer ailleurs, et c'est une nouvelle épreuve… La BSAB, c'était des ronces du matin au soir. Je vieillis plus durant ces trois ans, que durant les sept qui les avaient précédés.

Six mois après mon arrivée, un repenti s'était proposé pour coincer Arkadi Blokhine l'élégant. Il lui en voulait pour des raisons personnelles, n'avait plus de famille sur qui faire pression, ne craignait plus rien. Sous protection 24 heures sur 24, nourri avec des rations militaires, gardé dans un lieu aussi sûr qu'un abri antiatomique... Sa tête avait explosé d'un coup, comme une pastèque d'Halloween. L'un des hommes qui le protégeaient s'était pris des bouts de cervelle dans les yeux et les narines, avait mis un mois à s'en remettre. L'affaire avait affolé en haut lieu, on pensait à une infiltration de la brigade par les Russes, pendant deux semaines tout le monde était suspect. Jusqu'à ce qu'un jeune technicien du labo, après une analyse minutieuse des débris, découvre le mode opératoire. Nous avions commis une erreur : le repenti avait un œil de verre. Cadeau de Blokhine, qui l'avait fait piéger à tout hasard. Il se méfiait de ses cadres clés. Détonation à distance par signal radio...

Je croyais avoir tout vu, mais à côté des Russes, les autres étaient des enfants ou des amateurs. Deux événements me firent entrevoir des ramifications angoissantes.

D'abord la filature d'un sbire de Vodoleiev, égaré entre les tombes du Père Lachaise. L'épisode m'avait marqué. Pour ne pas me faire repérer dans un endroit pareil, un mercredi de février en début d'après-midi, je m'étais surpassé, circulant tel un fantôme entre les cénotaphes et les sépulcres. Les touristes n'étaient pas à Paris. Aucun fan de Jim Morrison, pas de Polonaise à la recherche de Chopin. Une dame seule, pensive, face à une tombe étrange où se mêlaient l'étoile de David et la croix du Christ. Couple mixte, ses ancêtres peut-être ? A part elle, Oleg et moi, le cimetière était vide.

Oleg Bogomolov, colosse de deux mètres, chef de la sécurité rapprochée d'Anton Banine, le patron des magasins Hédiard. La vénérable chaîne de friandises de luxe s'était muée en entreprise de blanchiment, dont l'oligarque Banine était la façade. Celui qui gérait les trafics, le vrai responsable du Groupe, c'était le conseiller spécial : Alexeï Vodoleiev, le barbu roux-brun aux yeux railleurs, le plus fin des quatre Cavaliers. Oleg Bogomolov, l'espèce de géant, avait travaillé pour Vodoleiev en Syrie, dans leur période FSB, puis l'avait suivi en France. Avec ses antécédents, il était trop qualifié pour son rôle officiel de baby-sitter d'oligarque. Je l'imaginais en charge du trafic d'organes. L'observant depuis le monument au sphinx ailé d'Oscar Wilde, je le vis s'incliner soudain, telle la statue du commandeur, et déposer des fleurs sur la tombe d'un obscur critique littéraire. Aucun sens… J'attendis. Lorsqu'un type vint les ramasser, je m'approchai, lui demandai poliment de me suivre. Il ne dit rien, se laissa emmener à la brigade. Dans la salle d'interrogatoire, calme glaçant, esquisse de sourire sur ses lèvres minces, il donna juste un nom, sans produire aucun papier. Une heure plus tard, on me demandait de le relâcher, et d'effacer toute trace de l'interpellation. J'eus le temps de copier le contenu du papier à cigarette roulé dans la tige d'une rose. Mon adjoint reconnut un code utilisé par son ancienne maison…

La seconde alerte : une perquisition dans les réserves d'un magasin de la chaîne Boulanger. Son jovial propriétaire, l'oligarque Glazkov, venait de racheter deux clubs de foot. Glazkov n'était que le prête-nom d'Andreï Joukov, le chauve massif qui ne circulait qu'en vitres teintées. J'espérais trouver, dans l'arrière-boutique au coin de l'avenue Émile Zola, un club de jeu clandestin. Grâce aux politiques de lutte contre l'addiction, ce genre de lieu proliférait. Le directeur du magasin était un petit homme sec. Poli, mais froid. Un côté perturbant : son bec-de-lièvre découvrait une dent en or. Devant la porte blindée des réserves, je lui demandai d'ouvrir. Il secoua la tête :

— Je n'ai pas les clés. Elles sont au siège du Groupe… Politique de lutte contre les fraudes internes.

— Appelez-les.

— Ça va prendre du temps. On est en sous-effectifs, ils ne viendront pas avant demain.

Je n'avais ni bélier ni explosif, demandai des renforts. On me les refusa. Ordre de rentrer à la maison, de laisser ce commerçant travailler, ne pas déranger les trois clients qui erraient dans les rayons à moitié vides. Il me salua très poliment, avec un léger sourire autour de sa dent étincelante. Je lui promis que je reviendrais, sachant comme lui que ça n'arriverait pas.

Que conclure ? Perplexe, j'allai trouver mon mentor, un ancien des services avec qui j'avais démantelé une cellule de Daech avant qu'elle n'empoisonne un château d'eau. Il me reçut dans son trois-pièces du douzième arrondissement, décoré d'anciens fusils afghans et de tableaux orientalistes. A la retraite et bénéficiant d'un héritage imprévu, il s'était lancé dans une collection. Il nous servit deux verres de Johnny Walker Blue Label, il pouvait se le permettre. Nez boisé, palais de fruits secs et chocolat amer… finale longue et intense, avec des traces de cardamone. Il m'écouta sans rien dire. Son visage exprimait la même concentration que lorsque nous interrogions des détenus islamistes. Derrière lui, les yeux bruns d'une Berbère à la tunique rose me fixaient. Il fit une petite moue, leva ses iris d'un bleu presque transparent, comme s'il y avait la mer au bout…

— Le type du bouclard… sa dent en or, c'était laquelle ?

— Incisive droite. Avec le bec-de-lièvre, ça ne s'oublie pas.

— Tu n'as pas de photo ?

— Non.

— Pas grave, je crois savoir qui c'est. Un honorable correspondant de la DGSE. Tes Cavaliers ont dû garder des contacts. Dans leur service d'origine, mais pas seulement. La lutte contre l'État islamique a créé des liens. Les Français, les Américains, les Anglais… on a tous eu besoin de la Russie. Les renvois d'ascenseur peuvent prendre du temps, mais le code d'honneur ne change pas. Les dettes se paient. Ton Joukov et ton Vodoleiev ont des créances sur la DGSI et la DGSE. Ils leur rendent peut-être encore service à l'occasion...

Ça ne me facilitait pas le travail. Les ronces pouvaient m'accrocher par derrière au moment où je croyais me frayer un chemin. Il parut pensif un moment, comme pris dans un souvenir, ses cheveux blancs et sa chemise bleue sur son teint hâlé lui donnaient un air de marin :

— La francophilie chez eux, ça vient de loin. A la chute de l'URSS, les *Nouveaux Russes* ont débarqué. Après la révolution d'Octobre : les *Russes Blancs*, sur la côte d'Azur. Et chez Tourgueniev, Lermontov… les princesses, les cavaliers, tous fascinés par la France. Les mafieux sont fidèles à l'héritage.

Sur le palier, il me serra la main avec un peu plus de force qu'à l'arrivée. Ses yeux dans les miens, un air paternel :

— Fais attention à toi. C'est la seule réussite de Lénine, tout ce qui reste du communisme. La Tcheka, la Guépéou, le NKVD, le KGB… et maintenant le FSB. La paranoïa rigoureuse, la brutalité calculée, les purges pour garder l'organisme en état d'alerte. C'est autre chose que les dingues qui se font sauter pour les vierges du paradis.

J'y pensai sous les grandes barres de la rue Érard, en sortant de chez lui. Un quartier qui évoquait l'époque soviétique, avec ses immeubles impersonnels, ses HLM, un calme inquiétant.

La *Bratva* avait aussi ses entrées dans les commissariats de quartier. Corruption classique, rien d'original. Et un peu partout dans la faune parisienne. Des chauffeurs, des livreurs, des serveurs… En sous-main, le fringant Arkadi Blokhine avait pris le contrôle du réseau Deliveroo. Par prudence je ne commandais plus de plats préparés.

La BSAB au moins était vierge de toute infiltration. Je l'espérais, c'est ce qui me faisait tenir. Si la brigade était corrompue, tout était vain. On a toujours besoin de s'accrocher à quelque chose.

Ce n'était pas à sens unique : j'avais mes propres sources chez eux. Des indics, plus ou moins fiables, toujours susceptibles d'être agents doubles ou triples, mais qui me rendaient des services. En particulier, Medvedev. Un type falot, l'air d'un représentant de commerce malchanceux, avec des yeux glauques et des mains flasques. A l'intersection des quatre Cavaliers, au niveau intermédiaire, suffisamment futé pour repérer des choses. Je lui avais évité la prison, il m'avait donné des planques, des seconds couteaux, qui m'avaient permis de remonter un peu plus haut… jamais jusqu'au sommet bien sûr. Tout ça était peut-être piloté, pour m'occuper ? J'avais confiance malgré tout. Quand je rencontrais Medvedev, sa panique était palpable. Le type puait la sueur, une vapeur rance d'huile et de lard, avec des traces d'oignon. Ses yeux oscillaient de droite à gauche, à l'affût d'un Russe qui aurait pu nous voir ensemble, dans ce mauvais restau indien du passage Brady, en face d'un magasin de déguisements. Un soir, devant son poulet Biryani, il avait tenté de mettre fin à notre collaboration. Il trouvait ça trop dangereux, allait se faire repérer, n'en dormait plus la nuit…

Je lui avais répondu en souriant :

— Fais comme tu veux, mais j'ai besoin d'infos. Si ce n'est toi, ce sera un autre.

— On arrête alors, c'est d'accord ?

— Pour un nouvel indic, j'aurai besoin d'une monnaie d'échange. Par exemple : tes bavardages, sous clé USB. Je trouverai un type que ça intéressera. Il démasque un traître, il prend du galon, en échange il me donne quelque chose…

Sa peau, où traînaient les restes d'une varicelle mal soignée, était devenue plus claire que la nappe blanchâtre. Déglutition… yeux baissés sur son Biryani… il avait compris. Le contrat d'indic était à durée indéterminée, sans faculté de démission.

Dans notre collaboration, il trouvait aussi son compte. Nous avions des enveloppes en liquide, un vrai budget. Et quand une intervention le visait, je le prévenais. Ça lui donnait un avantage, il progressait dans l'organisation. Après nos rencontres je rentrais toujours chez moi prendre une douche. Puis j'écoutais une pièce de l'*Art de la fugue*, n'importe laquelle, jouée par Glenn Gould. Parfois deux ou trois fugues, quand la conversation avait été plus longue.

Avec le temps, sa collaboration devint plus efficace. C'est lui qui m'avait dirigé vers le magasin de l'avenue Émile Zola. Épisode douloureux, mais qui confirmait sa valeur. Il m'aida à fermer plusieurs salles de jeux en banlieue parisienne et à coincer un gynécologue, qui vendait les embryons de ses patients. Je finis par soupçonner Medvedev d'œuvrer pour Vladimir Kholodov, l'insaisissable rustre balafré, ou pour le coquet Arkadi Blokhine. Comme par hasard, Medvedev dirigeait toujours mes coups vers Andreï Joukov et Alexeï Vodoleiev. Les alliances, les clans, remontaient à leurs parcours au FSB : Joukov, le pelé massif, et Vodoleiev, le svelte roux-brun, avaient lutté ensemble auprès d'Assad dans les années 2010, l'un basé à Beyrouth, l'autre à Téhéran. Leur duo à Damas m'évoquait Obélix et Astérix, dans une version sinistre, comme à travers un miroir déformant. Je les imaginais déambulant, tels deux personnages de Beckett, avec des manteaux noirs, de dos, dans un décor incertain. A l'époque de la guerre en Syrie, Arkadi Blokhine faisait sauter des églises orthodoxes dans le Donbass... Il n'avait pas encore adopté le costume prince de Galles. Et Vladimir Kholodov, avec ses cheveux en bataille et sa carrure de *spetsnaz*, naviguait entre les Serbes, les Moldaves et les Macédoniens. Avait-il déjà sa longue cicatrice sur la joue ? Impossible à savoir. Il n'existait qu'un cliché connu de Kholodov, celui qui était punaisé dans mon bureau.

Mon idée était de les faire tomber un par un, avec patience et longueur de temps. Lorsqu'on évolue au milieu des ronces, il ne faut pas se précipiter.

4. PAPILLON

Pour décompresser, je sortais le soir à nouveau. Vieille habitude enterrée lors de mes premières années de travail acharné. A la BSAB, je ne travaillais pas moins, mais j'avais besoin de coupures plus drastiques, et mon temps de sommeil avait été réduit d'un tiers. Ça m'arrangeait, je préférais rêver le moins possible.

On dit que les policiers ont du mal à tenir, sur la durée, une relation familiale stable. Cliché de mauvais films, quand le père rate le tournoi de basket de son fils ou le spectacle de danse de sa fille, occupé par ses enquêtes interminables. On dit aussi que les clichés ont toujours un fondement. Je n'en sais rien, et n'ai trouvé aucune statistique. Je n'avais pas d'événements filiaux à manquer. Les aventures amoureuses, intenses parfois, n'allaient jamais jusque-là. Peut-être une fêlure, qui les faisait fuir après les avoir attirées. Ou bien c'était le type de femme que je cherchais. Je croyais me laisser porter par le hasard, mais sans le savoir, j'avais peut-être une méthode.

J'étais à la BSAB depuis presque deux ans. Je m'évadais vers vingt-trois heures au *Crocodile*, près du Luxembourg. Aucun Russe là-bas, ou alors des étudiants égarés. J'y éclusais des cocktails, en souvenir de mes années à la Sorbonne. La musique était assourdissante, impossible de parler, ça tombait bien, ce n'était pas l'objectif. On pouvait y respirer à peu près, grâce aux lois anti-tabac.

Un miroitement rouge, ailé… brillant sur fond laiteux.

C'est le papillon que je vis en premier, tatoué sur l'épaule blanche dégagée. Infiniment troublant, comme si elle portait son âme sur sa peau. Ses cheveux bruns coupés courts, son visage fin et ses yeux noirs. Seule, dans un coin, l'éclairage tombant sur le tatouage et le reste émergeant à peine. Paraissant craindre une menace indéfinissable. Quelque chose en elle faisait fuir les criquets, les baratineurs. Elle venait de trop loin, ils devaient le sentir. Elle aperçut mon regard fixé sur elle, je discernai une interrogation muette. Je m'approchai, elle se leva comme si elle m'avait reconnu, contourna la table, se serra contre moi, me prit la main et m'emmena vers la sortie. D'instinct. Plus tard, je compris pourquoi elle m'avait choisi. Sur le moment, je ne posai aucune question, je me laissai faire, envoûté.

Dehors, j'entendis sa voix : éclats de cristal, mélodie brisée. Quelques mots d'anglais avec un accent slave. Son nom : Nadya. De brefs regards à droite et à gauche. Puis ses yeux dans les miens, confiants. Elle était seule, cherchait un endroit pour la nuit. Un danger imprécis, nulle part où aller. Dans son regard : comme un passé sans présent, un rêve perdu, l'enfance disparue trop vite, des blessures à cacher... et une étincelle prête à s'enflammer. Elle se tenait tout près. Parfum de musc et de rose, dessin délicat de ses lèvres pleines, sous les néons du *Crocodile*. Je devinais ses formes aussi, sous sa robe noire, le buste et le reste... mais j'évitais de m'y attarder. J'étais devenu son gardien, sans l'avoir décidé, dans l'instant. Pas question d'en abuser.

Elle ne m'avait donné aucun détail, je n'en demandai pas. J'avais l'intuition qu'une question suffirait à la faire s'envoler. Je tentai de la rassurer. Il fallait de la délicatesse, et lui montrer aussi ma force. Elle pouvait dormir chez moi cette nuit, nous verrions pour la suite le lendemain. Je hélai un taxi, elle voulut s'assurer du chauffeur avant de monter. Un Noir. Rassurée elle hocha la tête, ouvrit la porte et m'entraîna derrière elle. Je donnai mon adresse. Arrivés chez moi, je lui laissai ma chambre. Elle était épuisée, avait tenu sur les nerfs, pouvait enfin se relâcher.

Étendue sur mon lit. Yeux fermés, respiration douce et régulière. Interrompue de murmures et de phrases en russe, de petits cris. Assis au bord, je la regardai dormir jusqu'au matin. Je n'avais plus sommeil. A son réveil, elle m'observa, avec une douceur inconnue, un reflet dans les pupilles qui remontait jusqu'à l'enfance. Souvenirs enfouis... j'évoquais rarement le passé, je préférais garder l'œil sur le cap. Un léger sourire, un sourcil levé, des cheveux emmêlés. Elle ne voulait pas sortir, craignait de rester seule. J'appelai la brigade, prétextai une maladie invérifiable, une migraine carabinée.

J'allai lui acheter des vêtements, dernière collection Zara fleurie, passe-partout bien coupé. Essayages et défilé dans mon deux-pièces, traversée souriante. Je ne m'étais pas trompé sur la taille. L'expertise du policier, habitué à mesurer les distances à l'œil nu. Je détournai mon regard de sa poitrine, pôle magnétique qui pouvait me faire déraper. Après-midi devant mon écran 60 pouces, puisant dans ma collection de Blu-Ray : *Singing in the Rain*, *Top Hat*, *La La Land*. La rapidité de Fred Astaire, le charme poupin de Ryan Gosling, la jovialité pure de Gene Kelly… La voir sourire me comblait. Des cordes au repos se mettaient à vibrer dans ma gorge, comme un instrument oublié trouvant son interprète.

Le lendemain je retournai à la BSAB. Une absence plus longue aurait provoqué des visites, et Nadya ne voulait voir personne. Elle passa sa journée devant *Mary Poppins*, *La Mélodie du Bonheur* et *Saturday night fever*. A mon retour, elle improvisa un recital: « *A spoonful of sugar helps the medicine go down* » et « *Chim-chimney Chim-Chimney…* » Écartant les meubles, elle tenta de reproduire quelques pas d'Olivia Newton-John, voulut me faire jouer le rôle de Travolta. Je ne savais pas danser, ça la fit sourire. Inspirée par *La Mélodie du Bonheur* et ses bonnes sœurs complices, elle m'interrogea à la fin du dîner :

—*Do you believe in God?*

Je ne m'étais jamais posé cette question. Je ne me souvenais même plus de la religion de mes parents, tout ça était flou. Dans le monde autour je voyais des horreurs, mais aussi la possibilité de remettre de l'ordre.

— *I don't know. Sometimes, maybe… Depends on the day… When I see you dance like tonight, I think I do believe in God.*

Elle sourit, secoua la tête. Son regard était comme un dissolvant sur l'acier dont je m'étais recouvert depuis mon entrée dans la police. J'avais l'impression d'être tout nu quand elle me dévisageait.

Le troisième jour je tentai une approche. Des questions vagues, pour ne pas la brusquer, mais qui m'aideraient à comprendre. Elle ne voulait rien dire. Ni d'où elle venait, ni pourquoi elle s'était trouvée toute seule au *Crocodile*, pourquoi elle ne voulait pas sortir, pourquoi personne ne devait entrer dans l'appartement. Je laissai tomber. *West side story, Moulin Rouge, Les demoiselles de Rochefort*. Le film français la ravit. Celui de Baz Luhrmann lui parut trop clinquant, avec sa musique techno sur du French cancan. Pendant les scènes d'amour, mon regard restait fixé sur l'écran. Ne pas tourner la tête vers elle… trop risqué. J'étais son protecteur.

Le quatrième jour, alors que je m'apprêtais à partir à la BSAB, elle me fixa avec curiosité, me demanda d'un coup :

— *Do you play the piano?*
— *No, I don't play…*
— *You have the eyes of a pianist*
— *You mean the hands?*
— *No. The eyes. Something there. I can see. In Russia, everyone plays something. Music… we need it, like water or food.*

Le romantisme russe… elle me fit sourire.

— *I never played the piano. But I met a pianist once.*

Je sortis le disque de Giraldo. Elle passa la moitié de la journée à l'écouter en boucle. Elle adorait Liszt, cette version la bouleversait. Les octaves et chromatismes de *Mazeppa,* chevauchée d'un cavalier ukrainien.... Elle aurait aimé connaître l'interprète, à quoi ressemblait-il ? Pas de photo sur la couverture. Je lui décrivis la silhouette émaciée, les yeux profonds... ne lui parlai pas de l'accident, lui dis seulement qu'on avait perdu sa trace.

Le cinquième soir je parvins à l'entraîner dehors. L'air vicié parisien, aggravé dans les appartements, ne lui valait rien. Au milieu des touristes on pouvait se sentir en sécurité, comme dans un aquarium : Chinois, Japonais, Indiens, Américains, Australiens, Israéliens... la foule bigarrée du Champ de Mars, enchaînant les *selfies*, se partageant des bouteilles de champagne vendues par des Africains. Ascension de la Tour Eiffel, puis course en spirale sur la patinoire du premier étage. Pour elle, souvenirs d'enfance, elle avait appris à Moscou. Pour moi, c'était une première. Je la vis éclater de rire lorsque je m'emmêlai les patins et chutai comme un polichinelle sur la glace. A cet instant son visage était comme un soleil émergeant du gouffre.

La sixième nuit...

Elle insista pour que je me glisse dans le lit, plutôt que de rester sur le canapé. Un mètre soixante de large, il y avait de la place pour deux. Vers minuit elle vint se plaquer contre moi, fine sueur, bouche avide, langue douce comme une friandise... son corps léger, ses bras capables de m'immobiliser comme un captif... le corps ferme et souple, les mains douces et violentes, agrippant mon sexe pour en faire un pieu dont les racines puisaient dans mon être, fermeté concentrée sur un point pour la transpercer à son tour, l'envahir. Durant des heures, j'humai sa fragrance de musc et de rose, qui au creux de sa gorge se mêlait au jasmin, et dans les replis de sa peau blanche, aux abords des muqueuses, une senteur boisée, mousse et ambre, patchouli... Dans ma bouche, le nectar subtil de son intimité... Tombant de sommeil au matin, je voulais rester avec elle au pays des songes, imbriqué dans ses formes.

Pendant deux semaines je ne pensai qu'à elle. Dans la journée, j'avais du mal à me concentrer sur l'enquête : le meurtre d'un témoin capital contre Vodoleiev, qui me narguait toujours, avec sa barbe fine et son regard ironique affichés sur le mur. Elle se gavait de comédies musicales. *Mamma Mia, Les Parapluies de Cherbourg, Un Américain à Paris... Le magicien d'Oz, Grease, Tous en scène...* Je comptais les heures avant de la rejoindre. Travolta, Meryl Streep, Frank Sinatra. Le bonhomme en métal et le lion peureux, la fille à la recherche de ses trois pères, la gomina dans les cheveux... Tout se mélangeait. Les nuits étaient ivresse, jouissance douloureuse d'être si forte à la fin. J'en pleurais. Elle aussi.

Je parcourais son tatouage du doigt. Le reste de son corps était blanc ivoire, quelques cicatrices à demi-effacées. Un matin, je voulus savoir d'où venait le papillon. Un peu de rose sur ses joues pâles, un sourire :

—*I love the opera. Puccini... Mrs Butterfly... in Moscow...*

Une Japonaise qu'un Américain épouse, pour s'amuser, alors qu'elle est folle de lui. Il l'abandonne, repart aux États-Unis. Elle se tue lorsqu'il revient pour lui reprendre l'enfant.

— *I am not like that, Nadya.*
— *You are more like the American consulate…*

Le consul… un baryton honnête, honteux de la mauvaise conduite de son compatriote, cherchant à arranger les choses…

Elle m'interrogea à son tour, caressant mes mains :
—*You had tattoos before… you took them off?*
—*Yes, stupid mistake. I was young.*

Le vague souvenir d'un pari en Thaïlande, après une nuit trop alcoolisée. Chez un tatoueur de rue, des images de fées et de châteaux. Je les avais fait enlever avant d'entrer dans la police, ne restaient que de légères cicatrices. Et pas seulement les tatouages… Les bêtises que j'avais pu faire avant ma rencontre avec Giraldo, mon passé à la dérive : j'avais effacé tout ça en devenant flic.

Je l'emmenais parfois dehors, toujours dans des lieux touristiques. Des endroits où je n'allais jamais, qui devenaient des refuges. Arc de Triomphe, Sacré-Cœur, le Louvre. Artificiels, figés, plein de visiteurs bruyants venus de loin. C'est ce qui lui plaisait. Le Paris authentique (ce qu'il en restait) pouvait receler du danger. Enfin, le week-end : la campagne. A deux heures de Paris, nuit dans un haras du Perche. Près d'un village dont le nom semblait celui d'un truand hugolien : Bellou-le-Trichard. J'avais ri de ses tentatives pour le prononcer. Odeur de terre mouillée après la pluie, regards des chevaux, murmures des arbres. Grandes poutres en travers dans le gîte, lit d'un mètre quatre-vingts dont nous n'utilisions pas la moitié. Au réveil : le chant des oiseaux, pour accompagner les ébats du matin. Serré contre elle, mes mains pressant sa poitrine, mon bas-ventre contre la courbure de ses fesses, j'entrais en elle, son visage tourné vers le mien pour mordiller mes lèvres. Au petit déjeuner, nous avions partagé sans rien dire les plats disposés par notre hôtesse, étonnée de notre silence. Difficile d'engager une conversation avec elle, nous étions trop pleins l'un de l'autre. Sur le chemin du retour, apercevant au loin la Tour Eiffel comme un colifichet posé parmi des maisons de poupées, elle avait frissonné. Je l'avais rassurée. Personne ne pourrait l'approcher. J'assommerais le premier qui voudrait poser la main sur elle.

Ses craintes… son insistance à ne monter que dans des taxis conduits par des Noirs… C'était limpide. Aucun Noir ne travaillait pour les Russes. Impossible de la faire parler, mais j'avais tout compris. Un soir, l'épisode du *Crocodile* s'éclaircit, cet instinct qui l'avait poussée vers moi :

— *I saw your picture once.*
— *Where?*
— *In a place… on a wall… pictures of French police. To warn against them.*

Comme la photo d'un critique gastronomique dans les cuisines d'un restaurant. La *Bratva* m'avait repérée. Elle n'en dit pas plus. Pas question de témoigner, de chercher une protection officielle. Elle avait confiance en moi, ça s'arrêtait là.

Je m'ouvris à un flic de la brigade des mœurs, sans donner de détails. Il me conseilla d'attendre. En allant trop vite, elle allait s'effrayer. Plutôt la faire atterrir, sans se presser. Je n'étais pas convaincu. Plus le temps passait, et plus elle imaginait des ombres autour de nous. Fantômes insaisissables, qui disparaissaient sitôt qu'on tournait la tête. Elle ne voulait plus sortir, eut bientôt épuisé toute ma collection. Je lui achetai des Capra, Lubitsch, Chaplin, Pierre Etaix, Laurel et Hardy, Tati… du romantique, du comique, de l'absurde. *It's a wonderful life*, *The Shop around the corner*, *Playtime*. Dérisoires pansements. Cette réclusion ne pouvait pas durer. Je finis par envisager une issue : partir très loin, ensemble. Quitter la BSAB, la France et les Russes. Pour l'Australie, la Nouvelle Zélande ou l'Afrique du Sud… démarrer autre chose. Vendre mon appartement, héritage familial qui deviendrait notre pécule de départ. J'étais confiant, sûr de me débrouiller n'importe où avec elle. Elle y était prête. J'appelai un agent immobilier. Il avait l'air enthousiaste :

— On trouvera vite preneur : près de l'École Militaire, les prix s'envolent !

J'avais prévu un logement pour elle pendant les visites des futurs acheteurs, pour lui éviter de les croiser. Au haras de Bellou-Le-Trichard, elle ne risquait rien. La chambre aux larges poutres était disponible.

La veille du rendez-vous avec l'agence, je passai au Sushi Shop de la rue Saint-Dominique, récupérer une boite de créations originales : saumon, avocat, ananas et épices. Nadya les aimait, je voulais lui faire la surprise. Je tournai la clef, poussai doucement la porte. Dans quel film était-elle plongée ? Silence. Personne. Je sentis un froid glacial qui n'avait rien à voir avec la température. Un vide insupportable… la banquise dans mon deux-pièces.

Aucune trace d'effraction ni de lutte. Ses robes et sous-vêtements Zara disparus. Pas de message, pas de lettre. Je frappai à tous les étages de l'immeuble, secouai les voisins, interrogeai la vieille de l'autre côté du palier. Personne n'avait rien vu. A part les traces de son ADN dans mes draps, c'était comme si j'avais rêvé son passage. Je n'avais pas même de photo.

Portrait-robot, description du tatouage, avis de recherche. Je passais trois fois par jour au service des personnes disparues, chez tous les flics de la brigade. Je harcelais leur chef, un type un peu lent, méticuleux. Mais ce n'était pas une question de vitesse. Nous n'avions aucune piste. Elle s'était envolée.

5. DEBROUSSAILLAGE

Nuits impossibles. Cauchemars entrecoupés d'engourdissement… roulé en boule dans les draps que je refusais de laver, pour garder son odeur. Le jour, je me traînais. Le manque de sommeil ne pardonne pas. Je respirais mal, poumons comprimés, mouvements lents. Et en permanence, un goût de cendre dans la bouche, un voile gris sur les yeux. Dugommier finit par me convoquer. Au bout de combien de semaines, de mois ? J'avais perdu la notion du temps.

— Ressaisissez-vous. Dans cet état, vous ne servez à rien. Je crains même que vous ne déteigniez sur les autres.

Il ne prenait pas de gants. C'était mieux. Je ne répondis pas.

— Regardez-vous dans la glace… et décidez. Soit vous vous secouez, soit on vous transfère. On ne peut pas laisser les faiblesses humaines affecter nos résultats.

Je rentrai chez moi, me plantai devant le miroir doré de la salle de bains. Le fantôme que j'y vis me rappelait celui de la gare Montparnasse, ce pianiste émacié prêt à se laisser mourir. J'eus soudain envie de vomir. Je me ruai dans la chambre, défis tous les draps et les jetai en boule. J'allai chercher plusieurs sacs poubelles de cinquante litres, y fourrai la literie, puis toute ma collection de films, le lecteur Blu-Ray, le disque de Giraldo, les autres disques aussi, descendis dans la cour de l'immeuble et jetai les sacs dans la poubelle verte. Je me sentais déjà un peu mieux. Je sonnai chez la voisine :

— Un écran plat 60 pouces, ça vous intéresse ?

Sans attendre qu'elle émerge de sa stupeur, je courus chez moi, décrochai l'écran Samsung du mur et allai le déposer dans son salon.

— Je vous aiderai à l'installer plus tard.

Puis je sortis la table, les chaises, le canapé, laissai tout dans la rue avec un numéro pour les encombrants. Je commençais à respirer.

La nuit dans l'appartement nettoyé fut plus supportable que les précédentes, mais ça ne suffisait pas. Le lendemain je rappelai l'agent. Il fallait vendre, et vite. Je passai lui déposer les clefs. Au passage je lui donnai mandat pour me trouver un logement près de la BSAB. En attendant, je dormirais à l'hôtel. Un mois plus tard, j'emménageai dans un trois-pièces rue du Printemps, à deux minutes à pied des bureaux.

Tout couper, radicalement. Imaginer que Nadya avait refait sa vie ailleurs, et ne plus penser à elle. Ma seule chance de survie. Et en guise de fortifiant : la chasse aux Russes. Je l'avais perdue à cause d'eux. Qu'ils l'aient reprise (ce que j'évitais d'imaginer) ou qu'elle ait fui pour leur échapper, ils étaient responsables.

Je m'y remis avec la même énergie qu'un jardinier face à des herbes folles ayant profité de sa déprime pour envahir tout l'espace. Et d'abord : Vodoleiev le roux-brun. J'allais lui faire ravaler son ironie muette. L'épisode du Père Lachaise m'avait laissé un sale goût dans la bouche, celui de la terre qu'on trouve dans les tombes mal fermées. Je repris la filature du mastodonte Oleg, le chef de la sécurité du groupe Hédiard, plus discrètement. La DGSI, la DGSE pouvaient aller se faire foutre… j'allais le coincer, et j'étais prêt à découper au sécateur ceux qui tenteraient de m'accrocher par derrière.

Au bout de quelques semaines, je réalisai que je n'allais nulle part. Oleg se méfiait, ne s'exposait pas. Il fallait le laisser respirer, travailler de manière indirecte. C'est mon adjoint qui me donna l'idée. Passer par le fournisseur pour coincer le client, en commençant par l'intermédiaire qui les avait mis en relation. Medvedev confirma la pertinence de l'intuition. Je repris la veille devant le magasin Boulanger, au coin de l'avenue Émile Zola. Je notai les visiteurs, leurs allées et venues, leurs horaires… fis les recherches sur leurs antécédents, leurs occupations, et finis par tomber sur le jackpot. Un homme d'apparence insignifiante, mais dont la profession ne pouvait être un hasard. Il ne me restait plus qu'à tirer le fil.

Une tour de guet plantée devant un vaisseau amiral, jaune ocre comme la vue de Delft. Vermeer avait égaré son pinceau sur ce bâtiment sinistre, sous les derniers rayons incertains d'un soleil embrumé… ou bien était-ce la couleur jaunâtre de la fiente de pigeon ? J'aurais pu me croire en Europe de l'Est, au temps du socialisme en marche. J'imaginais des logements étroits où se serraient des familles nombreuses, quand des hommes en noir pouvaient surgir au hasard et les faire disparaître. Derrière ces tristes fenêtres pourtant, il y avait d'autres histoires. Plus lumineuses, et plus sinistres aussi. Des vies sauvées… et des bouts d'hommes et de femmes volés pour être vendus à d'autres, ici ou ailleurs. J'étais à Clichy, devant la façade de l'Hôpital Beaujon.

L'homme qui venait d'entrer se voyait de loin. Deux mètres de haut, soixante centimètres de large : sa silhouette anguleuse et colossale m'évoquait celle d'un robot. Des types de ce genre, on n'en façonnait plus qu'en Russie. Ailleurs, le moule était brisé, les ours humanoïdes n'avaient plus leur place. Là-bas, ils prospéraient encore. Lors d'un voyage à Moscou, ça m'avait frappé comme une évidence. Partout : sortant des bouches de métro par des escaliers mécaniques de près d'un kilomètre, puisant leur source dans les entrailles du magma… déambulant à grands pas dans les avenues couvertes de neige… ou même immobiles, figés comme des statues aux carrefours, quand tout s'arrêtait pour laisser passer un convoi du Kremlin. Les hommes russes avaient dans le regard, le visage, le corps… une trace venue des steppes, comme une sauvagerie originelle. C'était peut-être dans ma tête. Trop de lectures, trop d'imagination ?

La confusion entre la traque des loups et la vie des gens honnêtes ? Qu'importe. Ce voyage était censé promouvoir la coopération entre la BSAB et nos homologues russes. Il n'en était rien sorti. Je soupçonnais la moitié de mes interlocuteurs d'être au service de la *Bratva* qu'ils prétendaient pourchasser, je n'allais pas leur fournir la moindre information valable, ni prendre au sérieux leurs propositions. Je les avais distraits, et obtenu d'eux quelques anecdotes sur mes Cavaliers. Ça pouvait être vrai ou faux, intox ou petits faits sans importance, réels mais brouillant les cartes. Ils avaient évoqué la thèse de philosophie de Vodoleiev, traçant une convergence possible entre Heidegger et Marx, à la lisière des concepts de temps et de travail collectif. Le travail était fait de temps, le collectif aussi, l'émancipation marxienne trouvait son écho dans le *Mitsein* heideggerien… Tout ça me semblait à la fois fumeux et habile. Alexeï Vodoleiev se voyait professeur d'université, jusqu'à ce que le FSB le repère et lui propose une utilisation plus directe de ses facilités conceptuelles. Son regard ironique face au photographe de l'aéroport, et aux voies ferrées de la gare Cardinet qu'il fixait sans se lasser depuis mon bureau, rendait l'histoire crédible. Mais qu'en faire ? Si j'arrivais à l'amener face à moi, ce ne serait pas pour parler philo.

Cet après-midi à Clichy, devant l'hôpital Beaujon, la brutalité qui m'avait glacé à Moscou s'incarnait dans un physique imposant : Oleg Bogomolov, le cyclope aux deux yeux. J'avais mis fin aux filatures : c'était plus simple de l'attendre là où je savais qu'il finirait par se rendre. Je le suivis à l'intérieur. Il était trop concentré sur ce qu'il avait à faire pour me prêter la moindre attention. Au guichet où il se tenait droit, comme un adulte embarrassé au milieu d'un jardin d'enfants, une assistante décrocha son téléphone, attendit quelques secondes, hocha la tête en souriant et lui désigna une porte. Sans rien dire, je marchai dans les pas d'un interne qui avançait plus doucement dans la même direction, perdu dans l'examen d'un dossier, échappant de justesse aux collisions avec les autres marchant en sens inverse. Oleg se figea au milieu du couloir, se retourna d'un coup. Je portais une blouse blanche, un faux badge. De quoi me fondre dans la masse, mais je ne voulais prendre aucun risque. Je suivis l'interne sans ralentir, regardant du côté droit, Oleg sur ma gauche comme une statue. Il me suffisait de retenir le nom sur la porte d'en face. Arrivé au bout du couloir, je jetai un regard en coin en sortant. L'ours avait disparu, et je savais où.

Pendant des semaines j'avais réuni les indices, forgé ma conviction. Ce qui allait suivre n'était qu'une conséquence. Je ressentais la satisfaction d'avoir vu juste, mais pas seulement. Le monde obéissait à des règles, le chaos restait contenu. Dans les galeries que creusaient les taupes, je pouvais en douter. Croire à une réalité horrible, que la vie ne faisait que dissimuler. Et tout au fond, le souvenir d'un papillon disparu.

Je patientai une demi-heure, dans une salle de repos d'internes. Bogomolov me laisserait vite le champ libre. Il ne devait pas s'attarder. Les autres dans la pièce ne me prêtaient aucune attention : deux hommes et une femme, celle-ci concentrant l'attention des premiers, avec une technique de drague qui me laissait dubitatif, à base d'échanges sur leurs dernières expériences en bloc opératoire. La fatigue de leur garde interminable n'interrompait pas le jeu des hormones. Je n'étais qu'un visage nouveau parmi d'autres, et tant que je ne m'aventurais pas sur leur terrain de jeu, je n'existais pas. Je sortis, revins sur mes pas, et frappai deux coups à la porte qui faisait face à celle que j'avais repérée. Oleg était entré là, j'en étais sûr, et il avait eu le temps de repartir. Les lettres étaient gravées sur une plaque métallique : *Professeur Doullens, chef du service de transplantation*. Je poussai la porte d'un coup bref, sans attendre qu'on m'y invite.

Assis derrière son bureau, l'homme aux cheveux dégarnis et au front ridé me jeta un regard étonné. Il devait se demander quel interne avait assez d'inconscience pour venir le déranger dans ses travaux. Il tenta de déchiffrer mon badge... Je m'assis face à lui. Il fallait frapper fort, sans lui laisser le temps.

— Professeur, j'ai une histoire à vous raconter. Rasseyez-vous, et laissez le téléphone. Elle va vous intéresser. La chronique de deux camarades, Andreï et Alexeï. Andreï... imaginez un chauve énorme, une sorte de bonhomme de neige humain. Alexeï, c'était Tchekhov ou Lénine, en plus beau, plus fin, et plus roux. Formé à la philosophie. Andreï était basé à Beyrouth et Alexeï à Téhéran. Ils avaient le même employeur, à Moscou, et travaillaient ensemble à Damas pour un ami commun : Bachar. Bachar est sorti du paysage. Les deux Russes sont toujours là. Reconvertis. Andreï Joukov dans les jeux et la drogue. Spécialisé dans les comportements addictifs, son expérience forgée au Liban. Le point fort d'Alexeï Vodoleiev est…

Je fis une pause de quelques secondes.

— …le trafic d'organes.

Sa déglutition aurait pu s'entendre à trois mètres, et sa peau bronzée aux Seychelles devint aussi claire que celle des internes épuisés. Il se maîtrisa. Un type solide… Il le fallait pour exercer ce métier. Ses yeux étaient posés sur moi, les paupières se refermant à intervalles réguliers. Il restait silencieux. Un truc qu'il avait dû apprendre dans les séries télé. Je poursuivis :

— Les règles semblent avoir été écrites pour Alexeï. Les militants de la transplantation ont gagné. On ne demande plus l'avis aux familles, ni la rédaction de dernières volontés. Les patients en état végétatif deviennent des réserves d'organes, à moins de s'être fait inscrire sur une liste de récalcitrants égoïstes. Comment appelez-vous ça ? « *Le passage de l'opt-in à l'opt-out* » : une idée géniale. Loi dite « *réparer les vivants.* » Le taux de survie aux accidents de la route a beaucoup progressé. Perdre un foie n'est plus mortel, on a du stock.

Il ne disait toujours rien. Il savait où je voulais en venir, attendait de voir mes cartes.

— Quand on est mort, autant que ce qui reste serve à quelque chose. Mon problème est ailleurs.

Je sortis les photos, les posai sur la table. J'avais réussi à le déstabiliser. Je sentais sa sueur envahir mes narines, malgré la distance qui nous séparait. Toujours pas un mot, mais un frisson qui devenait perceptible, comme un début de tremblement de terre.

— Deux soirs par semaine, vous entrez dans ce magasin. Jusqu'à la porte du fond, la blindée. On ne vend plus grand-chose là-bas, mais on joue. Vous avez accumulé des dettes, bien au-delà de ce que vous pouvez rembourser, même avec les consultations privées. Comme ces gens sont prêts à tout, vous êtes dans une situation compliquée. Et c'est là que les relations d'Andreï et Alexeï vous sauvent la mise. Ou vous enfoncent, selon le point de vue.

Il allait me laisser poursuivre seul jusqu'au bout ? Pas grave.

— Votre seul moyen de rembourser Andreï Joukov, c'est de vendre vos compétences à Alexeï Vodoleiev. C'est Joukov qui vous l'a proposé. Leurs entreprises sont complémentaires. Presque un cas d'école pour les économistes, un modèle d'organisation industrielle. C'est simple. Vous déclarez défaillant un organe encore sain. C'est vous le spécialiste, on ne va pas vous contredire. Foie inutilisable, rein bon à jeter… Vous simulez sa destruction. L'inventaire est en règle. L'ours Oleg le récupère. Vodoleiev le vend aux Iraniens, ou à d'autres. Joukov recouvre vos dettes de jeu auprès de son camarade, qui prend sa marge au passage. L'argent ne transite même pas par vous.

Je m'arrêtai. Le laisser douter… Puis j'enchainai.

— Vous voyez où je veux en venir ?

— Pas vraiment... (Ses premiers mots depuis mon entrée dans la pièce).

— Je veux ma part.

Il parut rassuré. Il avait craint la police, je n'étais qu'un interne ou un voyou déguisé en interne, avec qui il pouvait traiter. Il ne chercha même pas à contester. Il s'était laissé embarquer dans une histoire plus grande que lui. Il soupira, secoua la tête.

— Si vous êtes si bien renseigné… vous savez que je ne touche rien. Je ne fais que rembourser mes dettes.

— Demandez un supplément. Prétextez les risques, vos besoins… faites valoir qu'au rythme où vous travaillez, vous aurez largement remboursé d'ici un an et que s'ils veulent continuer au-delà, il faudra vous rémunérer. Une sorte d'avance.

Une vague lueur dans ses yeux éteints… je lui faisais entrevoir une sortie par le haut. Il n'y avait pas pensé. Trop affolé par le piège où il s'était mis, couvert de honte, il avait négligé le profit. Je lui faisais prendre conscience de sa valeur. Il s'enquit :

— Combien ?

— Au marché noir, un rein vaut deux cent mille euros. Un foie, deux cent cinquante mille. Un cœur, trois cent mille. Au rythme où vous allez, je suppose qu'ils engrangent dans les six cent mille euros par mois. Votre dette est de combien ?

— Quatre millions. Mais…

— Ils vous ont dit qu'il faudrait deux ou trois ans pour rembourser ? Ils se foutent de vous.

Il jeta un regard plus inquiet. Il ne s'imaginait pas aller réclamer une augmentation comme les infirmières défendues par la CGT. Ses nouveaux employeurs n'avaient que faire du droit de grève, malgré leurs lointains antécédents communistes.

— Emmenez-moi au prochain rendez-vous, je me charge de la négociation. Comme un consultant RH, spécialiste des revalorisations salariales.

— Vous êtes malade ? On se fera tuer…

— Ces informations, je ne les ai pas obtenues seul. J'ai des employeurs. Puissants. Si Oleg s'en prend à moi, il aura des ennuis. Il suffit que je lui parle dix secondes, il saura à quoi s'en tenir. Dans cette histoire, il n'y a que des hommes d'affaires. On ne tue que si on ne peut pas faire autrement. Sinon on s'arrange.

Il parut réfléchir, scrutant mon visage. Qu'espérait-il ? Que voyait-il ? Sans doute assez d'assurance pour être rassuré. Ou, au minimum, ne pas répondre par la négative. Il posa quand même la question :

— Si je refuse ?

— Je peux contacter Oleg sans vous, lui dire que vous avez parlé. Ça ne lui plaira pas. Je préfère un arrangement entre nous. Je vais vous confier quelque chose : je n'aime pas les Russes. Je veux dire… ceux-là. J'ai mes raisons.

Le ton était sincère, les deux dernières phrases absolument véridiques. Il accepta. Bien sûr, ce pouvait être un piège, préparé pour les maîtres-chanteurs. Les endormir, prétendre consentir à leurs demandes, pour mieux les faire éliminer ensuite. C'était un risque à courir. Passer par une procédure, un mandat, une convocation… aurait été plus conforme aux règles mais après l'aventure du cimetière, pas question de leur laisser du temps. Il fallait prendre Oleg sur le fait, le coincer d'un coup. Et plus tard, recueillir les aveux du professeur. Au passage, ça me dispensait de lui proposer l'immunité, ce qui m'aurait donné mal au ventre. Il ne faisait pas que voler des organes disponibles. Certains malades un peu lents à décrocher bénéficiaient de soins particuliers, pour accélérer leur envol vers un monde meilleur, tandis que les parties encore saines de leur anatomie étaient vendues à d'autres. Les lois sur l'euthanasie facilitaient cette pratique : sédatifs disponibles, formulaires de consentement falsifiables. Et dans un climat d'économies budgétaires, personne ne regardait de trop près.

Un vague souvenir de partie de poker me revint. Peut-être un film ou un roman ? Le *Kid de Cincinnati* ? Je n'étais pas joueur, mais ce soir-là à Beaujon, avec une main faite de poudre aux yeux, des photos qui ne prouvaient rien, j'avais obtenu des aveux et un piège sur mesure.

Deux jours plus tard, Doullens avait rendez-vous avec Oleg pour lui remettre la valise frigorifiée. Le plan était simple. Le professeur passerait en premier dans le bureau du Russe, son bagage équipé d'un microphone miniature. Suivant la conversation à distance, je le rejoindrais au bon moment. Doullens avait été surpris de mon équipement, je lui avais fourni une explication :

— Mes employeurs viennent des services secrets. Comme les vôtres d'ailleurs, mais pas du même pays. Nous avons conservé l'accès au matériel.

D'anciens cadors des services français voulaient leur part du gâteau dévoré par d'ex-agents russes en France… l'histoire l'avait convaincu.

Nous attendions avec mon adjoint, à l'avant de mon Audi A4, tandis que le Professeur pénétrait au siège des magasins Hédiard, place de la Madeleine. Le micro fonctionnait, je reconnus les voix de Doullens et Bogomolov.

— Comme convenu : un foie et deux reins.
— Parfait. La prochaine livraison ?

— Deux cœurs, comme prévu. Mais dans trois semaines.

— Trop long. Mon client les attend dans dix jours.

— Si je vais trop vite, je vais me faire repérer. Le taux d'organes défectueux est déjà élevé dans mon service. Si nous avons une inspection...

— Pas mon problème. Si les organes arrivent trop tard, les clients ne seront peut-être plus là pour les réceptionner. Vous comprenez ?

— Si je me fais prendre, vous n'aurez plus de livraison. Plus aucune. Ni de moi ni d'un autre. Les procédures seront revues, les contrôles renforcés...

— C'est la première fois que vous mentionnez des difficultés de ce genre. Qu'est-ce qui a changé ?

— ...

— Vous avez parlé à quelqu'un ?

A travers les grésillements du micro, je percevais l'accélération du pouls de Doullens. Il commençait à paniquer. Je fis un signe à mon adjoint, nous sortîmes de la voiture, pénétrâmes dans les bureaux. Nos cartes devant la tête de la jeune femme de l'accueil, armes sorties, lui intimant le silence... trente secondes plus tard, nous ouvrions la porte du chef de la sécurité rapprochée du patron d'Hédiard.

Le Russe, debout, tenait le professeur par le col, comme une poupée de chiffon. Il le lâcha d'un coup, se tourna vers nous, parut me reconnaître.

— Oleg Bogomolov, Albert Doullens : vous êtes en état d'arrestation pour trafic d'organes, assassinat, complicité d'assassinat. Retournez-vous, nous allons vous passer les menottes.

Doullens, déjà très pâle, perdit encore quelques degrés de mélanine. Oleg nous regardait sans rien dire. J'avais beau avoir la loi de mon côté, et mon arme pointée sur son front, la présence de mon adjoint me faisait du bien. Il n'était pas loin du Russe en taille, en moins massif, mais sûrement plus agile. Si l'autre voulait tenter quelque chose, il le retiendrait. Je ne voulais surtout pas de bavure. Précaution inutile ou salutaire ? Oleg se laissa faire. Ayant terminé de nous dévisager, il se retourna lentement, les bras derrière lui. Ce mouvement sortit Doullens de sa torpeur, il fit de même, sans rien dire non plus. Nous descendîmes avec eux, sous les yeux surpris des employés du magasin interrompant, l'espace de quelques secondes, la vente des massepains à la noix de cajou.

Mon adjoint les fit entrer dans la voiture tandis que j'appelai les renforts. Il fallait mettre la main, sans attendre, sur les fichiers de l'entreprise. Les comptes, les listes de fournisseurs et de clients, la paye, les contrats. Toute la substance du Groupe Hédiard. L'équipe était prête, elle débarqua sous quinze minutes. Incertains sur la marche à suivre, les dirigeants du Groupe n'avaient pris aucune décision, ils n'avaient pas eu le temps d'effacer grand-chose. L'oligarque Banine, le PDG, essayait probablement de joindre Vodoleiev en urgence. Je ramenai Anton Banine à la brigade avec les autres, même si je n'avais rien de tangible contre lui.

Dans la salle d'interrogatoire, j'eus droit à deux cas d'école. Doullens d'abord, terrorisé, pleurant, tremblant, se lamentant sur son sort et promettant tout ce qu'on voudrait, espérant sauver sa tête contre sa coopération. Trop tard pour lui. Nous pouvions juste lui faire miroiter l'indulgence des juges, s'il témoignait contre Oleg Bogomolov et le gérant du magasin Boulanger. Oleg conserva jusqu'au bout son calme dédaigneux. Il n'ouvrit pas la bouche, ne fit même pas l'effort de demander un avocat (Banine s'en chargea à sa place). Je n'insistai pas... je connaissais le caractère des ours, décrit dans un vieux livre de sorcellerie païenne trouvé dans une bibliothèque. *Refoulant leurs sentiments, ils donnent l'impression d'être froids et distants. Ils ont du mal à établir une relation durable, mais lorsqu'ils y parviennent, leur dévouement et leur fidélité ne se relâchent jamais.* Oleg ne dirait rien, ni sur Alexeï, ni sur Anton. C'était sans importance. Avec les fichiers d'Hédiard, j'étais certain de trouver de quoi les faire tomber.

Hédiard... j'avais de vagues souvenirs d'enfance, de coffrets de Noël remplis de leurs friandises si goûteuses qu'il était difficile de ne pas finir la boîte en deux jours. La vieille maison fondée en 1854 avait joué de malchance, ses dirigeants ayant raté le tournant d'Internet. Rachetée par un groupe monégasque, elle avait fini dans l'escarcelle d'un fonds d'investissement, puis au tribunal de commerce. Anton Banine l'avait sauvée, sous la suggestion d'Alexeï Vodoleiev, son ancien condisciple du lycée français Alexandre-Dumas de Moscou. De ces deux rejetons de familles moscovites francophiles, c'était Alexeï le plus brillant, et de loin... mais Anton s'était lancé dans les affaires le premier, après sa formation financière à la *Higher School of Economics*, quand son ami, ayant achevé sa thèse de philosophie à l'Université de Moscou, était entré au FSB. Pendant qu'Anton multipliait les montages bancaires douteux, Alexeï avait gravi les échelons, jusqu'à son affectation au bureau de Téhéran et son rôle clé aux côtés d'Assad. Quand il avait voulu, à son tour, goûter au secteur privé, son camarade de jeu l'avait recruté comme conseiller spécial, laissant entrer le loup dans la bergerie. Plus rapide, plus travailleur, plus brutal et plus fin, Vodoleiev était devenu le vrai patron, ce qui convenait d'ailleurs à l'oligarque Banine, heureux de se reposer sur lui, et peu regardant sur ses activités.

D'une boite au bord du dépôt de bilan, au chiffre d'affaires en berne et au résultat déficitaire de plusieurs millions, Banine et Vodoleiev avaient fait un retournement spectaculaire, un exemple étudié dans les *business schools*. Développement tous azimuts de la franchise, diversification, perception de royalties du monde entier… l'histoire était belle, mais totalement bidon. Le redressement tenait, pour l'essentiel, au blanchiment des trafics. Le montage était bien fait, il nous faudrait des mois ou des années pour déterrer, derrière tous les contrats de consulting et les redevances perçues, les ventes d'organes et d'embryons. Nous avions le temps. L'urgence, c'était l'arrestation des gens dont les noms figuraient dans les archives, le démantèlement des capacités opérationnelles. Le flagrant délit d'Oleg dans les locaux d'Hédiard, le témoignage du professeur et quelques imprudences dans la rédaction des premiers accords de franchise me suffisaient pour obtenir les mandats d'arrêts. Le roncier s'éclaircissait d'un coup.

Je n'eus qu'une déception : la fuite de Vodoleiev. Averti en temps réel, il s'était rendu en urgence à Orly, avait pris le premier vol pour Téhéran. Son signalement était pourtant parvenu aux douanes, avec ordre de l'empêcher d'embarquer. Incompétence des fonctionnaires locaux ou coup de pouce dû à ses anciens appuis ? Un dernier regard vers les caméras de l'aéroport, avec sa barbe qu'il n'avait même pas rasée... Il était en sûreté, sous la protection des mollahs, mais son empire s'écroulait sous mes coups de boutoirs : perquisitions, arrestations en série, réactions en chaîne dans les hôpitaux. L'analyse des défaillances d'organes vitaux transplantables, couplée au peignage des contrats de certains médecins avec les filiales du groupe Hédiard, nous permit de coincer en une semaine, cinq confrères de Doullens... entre Bicêtre, l'Hôpital américain de Paris, le CHR de Lille et le CHU de Reims. Pas loin de 30 millions d'euros de marge nette, et nous n'en étions qu'au début. Dugommier exultait, il m'avait serré la main avec une pression inhabituelle.

L'autre prise de choix, c'était le Groupe Boulanger. Là aussi, le témoignage de Doullens se révélait précieux. J'avais pris toutes les précautions pour le protéger. Non par sympathie, mais pour les portes qu'il m'ouvrait. Avenue Émile Zola, le patron du magasin, l'homme au bec-de-lièvre proche de la DGSE, s'était évanoui. Nous avions mis les scellés et forcé la porte blindée des réserves. Ils n'avaient pas eu le temps de nettoyer, nous avions trouvé des carnets et des noms. L'oligarque Glazkov et son cigare avaient été ramassés sans attendre, au siège du PSG, et l'ensemble des boutiques perquisitionnées. Un coup dur pour Andreï Joukov l'adipeux... qui, pour le moment, s'en sortait. Nous n'avions aucun élément tangible contre lui, et son prête-nom Glazkov, PDG en titre des magasins Boulanger, se gardait bien de nous en fournir. Il prétendait avoir été abusé par des managers peu scrupuleux. Andreï se terrait quelque part, nous n'avions même pas son adresse pour lui envoyer une convocation à un simple entretien. La surveillance rue de Lübeck ne donnait rien.

Vodoleiev en fuite, Joukov affaibli : l'équilibre était rompu. Les deux autres, devenus plus forts, se disputaient les dépouilles. Vladimir Kholodov, le terrien mal coiffé à l'estafilade, contre Arkadi Blokhine, sa pochette fuchsia et ses mèches blondes. Les *spetsnaz* entrèrent dans la danse. Jeux de massacres dans le dix-neuvième arrondissement de Paris, aux abords du bois de Boulogne et dans la banlieue de Lille… Mitraillages d'un côté, véhicules piégés de l'autre. La patte d'Arkadi Blokhine, et son amour des explosifs. Dans le Donbass en Ukraine, Arkadi avait donné toute sa mesure. J'avais étudié ses antécédents de près, suite à l'épisode du repenti à l'œil de verre. Louhansk, Kramatorsk, Sloviansk, Sieveierdonetsk : noms difficiles à prononcer et plus difficiles encore à placer sur une carte. Des villes de plus de cent mille habitants, où les églises orthodoxes avaient pris l'habitude d'exploser sans préavis, de préférence à l'heure de la messe. Soi-disant l'œuvre d'extrémistes pro-russes incontrôlables, en réalité le résultat d'un plan méticuleux du responsable local du FSB, ancien élève brillant de l'Université technique d'État Moscou-Bauman : Arkadi Blokhine. La Russie en avait recueilli les fruits empoisonnés… La région n'était pas stabilisée, les combats avaient débordé du côté de la Fédération. Entre temps Blokhine avait trouvé un champ d'action plus lucratif, chez nous, et s'était habitué aux tailleurs de luxe. Dans le feu de l'action, après le départ d'un Cavalier vers l'Iran et la demi-chute d'un autre, il semblait retrouver une seconde jeunesse, faisant valser les pions sur l'échiquier.

Je n'avais rien de concret sur Arkadi, à part des propos d'indics, inutilisables. Il ne laissait jamais le moindre témoin. Le pire, c'est qu'il ne se cachait même pas. Nous n'avions aucune idée de la planque de Vladimir Kholodov, l'homme dont il n'existait qu'un seul cliché, celui affiché sur mon mur, pris par un inconnu à travers une chambre d'hôtel. Le gros Joukov se cachait aussi, sous les radars depuis le démantèlement du groupe Boulanger. Arkadi Blokhine continuait à s'afficher dans sa fondation franco-russe, couverture parfaite, protégé par une escouade de *spetsnaz*, avec son costume prince de Galles, son brushing impeccable. Il n'avait pas peur de nous, seulement de ses rivaux.

Cette situation me faisait enrager. Entre l'assurance tranquille d'Arkadi Blokhine et l'impasse de mes recherches sur Andreï Joukov, je m'enlisais dans les sables mouvants. Après le départ de Vodoleiev en Iran, je m'étais plongé dans une enquête sur Kholodov le balafré et ses réseaux de prostitution, imaginant un lien avec la disparition de Nadya. Je dus interrompre ces recherches brutalement, suite à un événement que je préférais oublier, pour sauvegarder ma santé mentale. L'enquête sur Vladimir Kholodov se poursuivait sans moi. J'en gardais juste un papier, une espèce de cauchemar griffonné, au fond de ma poche.

Je me concentrai sur Andreï Joukov, partant à la recherche de ses victimes. Dettes de jeu soldées au prix fort : les pieds dans le ciment, le corps au fond de la Seine. Ou bien des gens mutilés sans retour, diminués. Un chirurgien dont les mains de légende avaient été brisées au marteau, un guitariste dont les doigts avaient été découpés à la tronçonneuse... Aucun témoin direct contre Joukov. Tout ça relançait mes cauchemars la nuit, je dormais plus mal, il m'arrivait même, dans la journée, d'avoir des absences. Je rentrais me coucher pour récupérer, je faisais des siestes en plein jour. Dugommier me passait tout durant cette période compliquée, je lui avais ramené assez de trophées pour garantir la suite de sa carrière. Mais je n'étais pas satisfait. Les ronces étaient toujours là, même si j'avais réussi à les clairsemer.

Un jour pourtant... il y eut une surprise. C'était au milieu d'un colloque sur les relations franco-russes, sous haute surveillance, au palais Brongniart. Filtrage à l'entrée, police à chaque étage, contrôles rigoureux. Aucune arme ne pouvait pénétrer, pas le moindre *spetsnaz* ou alors en civil et tout nu. Arkadi Blokhine était à la tribune. Pour l'occasion, il arborait une pochette chamarrée, aux couleurs communes de nos deux drapeaux. Discours enjoué sur l'amitié éternelle entre la France et la Russie, détour par Pierre le Grand, mention rapide du malentendu napoléonien, rappel de la Triple Entente, trémolos sur le rôle de l'Armée Rouge dans la défaite du nazisme, les retrouvailles de 2017 avec la visite du président russe à Versailles...

Je n'y étais pas, mais je vis le film plus tard. Au milieu d'une phrase : une fleur rouge s'épanouit d'un coup sur son front, comme une espèce nouvelle d'amaryllis. Il venait de se prendre une balle dans la tête. Panique dans la salle, ruée vers les sorties, cris des *spetsnaz* désarmés, ordres lancés par la police... tout ça en vain, le tueur avait disparu.

On ne s'attendait pas à ce nouvel épisode. Ne restaient que Joukov et Kholodov. La disparition de Blokhine pouvait redonner de l'espoir à l'obèse. De quoi se refaire, en récupérant une partie des troupes et du territoire du dandy disparu. Joukov allait-il s'entendre avec Kholodov, former un duopole ? Ou la guerre se poursuivrait-elle jusqu'à ce qu'il n'en reste qu'un, qui risquait de devenir invincible ? Je ne savais trop que souhaiter. Sur Vladimir Kholodov, nous n'avions rien, c'était un spectre. La traite des blanches, suite logique de son expérience dans les Balkans. Des maisons clandestines, où les clients pouvaient réaliser leurs fantasmes, assouvir leurs pulsions. Il n'hésitait pas à recourir au sadisme de ses troupes, pour discipliner ses pensionnaires. Ancien *spetsnaz*, c'était le seul des Cavaliers sorti du rang. Il avait fait son trou au FSB par un mélange de force brutale et de ruse paysanne. Élevé dans un kolkhoze, autodidacte. Avec sur la main droite son tatouage aux deux aigles portant épée, surmontés d'une couronne impériale... fier de ses débuts dans les *forces à but spécial*, méprisant ou jalousant ses camarades issus des meilleures universités moscovites ? Il ne dormait jamais deux fois de suite au même endroit. Je me forçais à ne plus penser à lui et à ses sbires. Le psy de la BSAB m'y aidait. L'enquête sur lui m'avait mené tout près du gouffre.

Je me concentrai sur Joukov, pendant quelques mois, fouillant dans l'histoire de ses maisons de jeu. Les combats de rues s'étaient éteints peu à peu, après la mort de Blokhine. L'organisation de l'homme à la pochette semblait dissoute, divisée en franchises concurrentes, prêtes à se vendre au plus offrant. Nous ressentions comme le calme après la tempête, ou avant l'orage. Jusqu'à ce que l'imprévu, à nouveau, se produise.

Dugommier entra dans mon bureau, comme une tornade précise. Il ne faisait jamais ça : en principe, il me convoquait. Il avait l'air perturbé, lui si calme d'habitude. Il me considéra un instant, puis expédia son discours :

— Joukov vient d'être assassiné. Je vous confie l'affaire. C'est… très particulier. J'aurai besoin de résultats rapides, le cas est suivi tout en haut.

Sur le moment il n'en dit pas plus. Il préférait peut-être me laisser découvrir les détails par moi-même, ou bien les circonstances du meurtre lui paraissaient tellement bizarres qu'il préférait ne plus y penser, et me laisser me débrouiller avec. L'affaire allait vite m'engloutir.

6. PARC ET JARDIN

Quand je le cherchais à Paris, Joukov s'était réfugié dans son château, au milieu d'un parc de deux hectares situé au bout d'un village, sous la protection de dix-huit *spetsnaz*. Il avait été exécuté d'une balle dans la tête. Dans un coin calme, mystérieux, presque féérique.

La Celle-Les-Bordes… où des professeurs d'HEC côtoyaient des artistes et des architectes, des consultants et des saltimbanques. Tous à la recherche du vert, de l'air frais et de l'espace bon marché, à quelques kilomètres de Rambouillet. Parmi les villageois, un couple de metteurs en scène d'opéra. Ils avaient l'idée étrange de tourner, chaque année, une sorte de court-métrage. Tous les habitants y participaient, un rôle pour chacun, plongeant le temps d'une journée dans le monde de Chaplin et Murnau. Tourné en noir et blanc et muet, comme à l'âge d'or du cinéma, quand les visages exprimaient les émotions sans avoir besoin des mots. *Singing in the rain* avait célébré le passage au cinéma parlant. En y pensant, me revint l'image de Gene Kelly, et aussitôt celle de Nadya. Brève pression sur la poitrine, voile sur les yeux, cendres sur ma langue. Vite je balayai tout ça, comme une nuée de mouches, pour éviter de déraper à nouveau.

La BSAB avait récupéré les films muets, à tout hasard. Rapport ténu avec l'enquête, mais le meurtrier avait agi le jour du tournage, on ne pouvait tout à fait exclure un lien. Dans le dernier opus, un coureur cycliste de passage polluait les chemins à grand renfort d'urine, de crachats et d'injures. Le temps d'une traversée du village, il finissait sous le goudron et les plumes. La projection dans les locaux de la brigade avait agacé les amateurs de vélo. Pour ma part, j'approuvais le traitement réservé au sportif par les villageois du film. La maigreur et la sueur aigre des cyclistes amateurs me mettaient mal à l'aise.

Le tournage était l'occasion d'une fête déjantée, avec déguisements, boissons alcoolisées et textes aléatoires. Les Russes se tenaient à l'écart de cette bizarrerie, comme de toute la vie locale. Personne ne les croisait jamais, la propriété était vide la plupart du temps. Ils n'y séjournaient que pour des occasions spéciales, débarquant en berlines et 4x4 à vitres fumées. Durant les derniers mois, les séjours s'étaient faits plus longs. Andreï Joukov s'était mis au vert, le temps que le calme revienne. Son assassin était arrivé quand, à l'autre bout du village, tout le monde se retrouvait pour la kermesse filmique. Les coups de feu, entendus de loin, avaient été confondus avec des pétards.

La propriété avait deux entrées. La principale donnait sur la D61 : une ancienne grille, restaurée par un doreur avec un goût atroce, ouvrait sur un long chemin de pierres bordé d'arbres. Une entrée de châtelain, telle qu'un Russe pouvait se l'imaginer. L'entrée secondaire au fond du parc, petite grille entre deux longs murs, donnait sur la rue du Salfessier. Elle n'avait jamais été utilisée, comme si elle était réservée à l'assassin. Elle me rappelait cette histoire de Kafka, où un homme attend sa vie entière devant le seuil d'une porte, barrée par un gardien. A force d'attendre, résigné, patient, il finit par expirer. Le gardien lui révèle alors que la porte n'était destinée qu'à lui, et la referme pour toujours. Des universitaires méditaient sur la portée de ce conte kafkaïen, en appelaient au Talmud, à la Bible, à Platon... Personne ne posait la question évidente. A force d'attendre, les ongles de l'homme avaient dû pousser. Il aurait pu s'en servir pour crever les yeux du gardien, lui trancher la carotide ou lui arracher les testicules, et ouvrir la porte. L'assassin de Joukov n'avait pas hésité à dézinguer dix-huit *spetsnaz* pour parvenir à son but. Ce n'était pas un velléitaire.

J'aimais reconnaître les lieux à l'aide du *Streetview* de Google : une promenade virtuelle évite les distractions. Impossible pour la rue du Salfessier, interdite aux voitures des non-résidents, invisible sur internet. Elle échappait à l'emprise de la technique planétaire, comme un sentier au fond d'un sous-bois. Heidegger aurait apprécié. Le philosophe nazi me fit penser à la thèse de Vodoleiev, désormais à l'abri chez les Perses. Je lui avais peut-être rendu service en provoquant sa fuite... sans moi, il aurait pu tomber comme les autres dans cette guerre fratricide. Je garai ma vieille Audi 4 à l'entrée de l'impasse : excitation de la découverte.

Un chemin pierreux, bordé de petites maisons retapées à la mode écolo. L'endroit paraissait idyllique. On m'avait dit que les enfants y jouaient sans surveillance. Mais depuis la tuerie, les gens préféraient rester chez eux. C'était une des raisons de la pression d'en haut sur l'affaire : des voitures piégées dans les banlieues, on était habitué. Mais une telle hécatombe dans un village ? Tout le *vieux charme français* risquait d'en pâtir. J'aperçus un blondinet de quatre ou cinq ans aux cheveux longs, derrière un grillage approximatif. Il me fit un petit signe de la main. Yeux grands ouverts, un sérieux plein d'innocence. Sa voix était douce et précise :

— Tu vas où ?
— Là-bas, fis-je en désignant le bout du chemin.
— Chez les Russes ?
— Oui. Chez les Russes.
— C'est pratique chez les Russes. On y met les chenilles. Et les feuilles.

Il fit demi-tour et rentra chez lui. Lui parler en l'absence de ses parents pouvait m'attirer des ennuis. Je notai le numéro de la rue et accélérai le pas.

La porte défoncée donnait sur un jardin hétéroclite. J'étais au fond du parc, dans un coin négligé. Les plantes y poussaient en désordre. Dans un trou, des végétaux en décomposition. On y avait déversé l'herbe tondue, des bouts de vigne vierge, les plantes sauvages arrachées pour rétablir l'ordre dans les endroits bien tenus. Et sur cette pile à l'odeur verte écœurante, où tournaient des pucerons et des mouches : le corps d'un *spetsnaz*. Son visage enfoncé dans la pourriture, il semblait au repos, retourné à ses racines. Seul son costume faisait tâche, je l'aurais préféré tout nu. *Ashes to ashes, dust to dust... green to green* ? J'allais engager une méditation sur la nature de l'homme... fait d'argile disait la Bible, mais je pressentais qu'il fallait plutôt chercher du côté végétal. J'imaginais le titre du livre, je voyais se dessiner des chapitres... Mon adjoint me fit sursauter. Il venait d'arriver depuis l'entrée principale. Jetant un œil sur le cadavre, il m'interrogea : avais-je trouvé un indice ? Je secouai la tête.

— J'ai cru voir quelque chose... mais non. Avançons.

D'un pas souple, sans hâte, il me fit faire le tour.

Pelouse tondue, dégagée autour des arbres, haies taillées au cordeau. Sur la maison, vigne vierge coupée comme par un coiffeur : rasée au centimètre près, à hauteur des fenêtres. La vie grouillait à bas bruit. Un écureuil grimpa d'un bond sur un chêne, j'aperçus un moineau sautillant, un lapin à distance, oreilles dressées, prêt à fuir. Et bien sûr les arbres. Les plus vivants peut-être... Centenaires ou plus, ils devaient nous considérer comme des insectes. À eux le temps long et la méditation, à nous l'agitation inutile. Un sequoia géant s'était échoué au milieu du jardin. Un jeunot... il mesurait dix mètres, un jour il dépasserait les gratte-ciels.

Seules tâches dans le tableau : les cadavres. J'en comptai douze étendus dans l'herbe, auxquels il fallait ajouter le premier sur le tas pourrissant. Comme une installation d'art contemporain. Je pensai à cette liste de cinq cent trente-trois œuvres imaginaires : *Œuvres*. C'était le titre. La première, c'était le livre lui-même : « 1. *Un livre décrit des œuvres dont l'auteur a eu l'idée, mais qu'il n'a pas réalisées.* » Suivaient des projets qui donnaient à rêver : des peintures reproduites à partir de descriptions, une coulée de plomb gelée dans l'espace en-dehors de l'atmosphère, la tête de Proust dessinée sur une page de la Recherche formant une phrase grammaticalement correcte... j'imaginais un numéro supplémentaire. « 534. *Dans une propriété de deux hectares, bien entretenue, treize corps sont disposés de manière apparemment aléatoire. Treize spetsnaz, tués chacun d'une seule balle dans la tête. On peut compter, à distance des cadavres, les douilles tombées au sol : il n'y en a que treize, aucune balle n'a manqué sa cible.* »

Les douilles, c'était authentique. Il avait mis dans le mille à chaque fois, au milieu du front, sans jamais tirer à côté. L'équipe m'avait parlé d'un assassin unique, mais je n'y croyais pas. Tuer en solo ces vétérans d'opérations spéciales, c'était déjà difficile à avaler. Avec ce degré de précision, on entrait dans le paranormal. Je me tournai vers mon adjoint :

— Pourquoi parlez-vous d'un seul assassin ?

— Il n'y a aucun doute. Vous allez voir à l'intérieur.

Il aimait les effets de surprise... ça ne me gênait pas.

Dans la maison, six cadavres, dont celui de Joukov. Plus rapprochés, installation différente, complémentaire de celle du parc. Dehors, la terre avait bu le sang. A l'intérieur, il s'étendait sur le carrelage en flaques séchées, tâches de Rorschach brunâtres. L'une d'entre elles m'évoqua l'ours approximatif du blason de la BSAB, l'autre la tête de Dugommier. L'un des Russes pendait, à demi renversé, à la rambarde de l'escalier, telle une chemise pliée sur une corde à linge. Trois cadavres étaient mêlés, empilés comme des quilles renversées. Un autre un peu plus loin, devant la porte de la cuisine. Et au bout, près de la sortie de secours, une masse énorme couchée sur le ventre, la nuque trouée : Joukov.

Il avait été tué dans le dos. C'était le seul : les *spetsnaz* avaient tenté de bloquer l'assassin, tandis que leur chef prenait la fuite. Andreï n'était pas un homme de combat rapproché, plutôt un stratège. Diplômé de la *faculté de langues étrangères et de science régionale* et de la *faculté de politique mondiale* de l'Université de Moscou, il voyait loin. Contre l'avis de son patron direct, il avait insisté pour être envoyé à Beyrouth dans les années 2000, où sa maîtrise de l'arabe et sa connaissance des structures claniques lui avaient permis d'obtenir la confiance des clans Aoun et Geagea, en même temps que d'Hariri et de Joumblatt… et l'oreille du Hezbollah. Sa passion pour le jeu remontait à Moscou, elle s'était accrue auprès des Libanais. Il avait vu les profits considérables, avait commencé sa transition professionnelle sur place alors même qu'avec Vodoleiev, il s'efforçait de soutenir la mainmise chancelante d'Assad sur la Syrie. Voyant la réussite de son camarade en France, il l'avait rejoint, montant sa propre organisation dans l'ombre de Glazkov, profitant de la régulation drastique des jeux pour monter ses structures clandestines. Tout ce chemin pour finir en tas de chair inerte, sur le carrelage blanc d'une maison de maître, tout près de la sortie.

Mon adjoint m'interrompit à nouveau dans ma méditation :

— C'est par ici.

Dans le petit bureau attenant à l'entrée, les écrans intacts des caméras de surveillance.

Le tueur n'avait pas pris la peine d'effacer ses traces. Les douze caméras de la propriété révélaient douze morceaux du puzzle… en les combinant on pouvait reconstituer la scène. Par la première, pointée vers la maison depuis l'entrée du parc, on voyait débarquer les premiers *spetsnaz*, courant, leurs fusils à la main, criant des ordres aux suivants. Les deux premiers s'arrêtaient nets, tombaient à la renverse, comme fauchés par un fantôme. Les deux suivants, juste derrière, s'écroulaient aussi vite, poupées désarticulées. Un groupe de quatre après eux progressait de manière plus prudente, en éventail, l'un des hommes désignait quelque chose du doigt, un fusil se levait… et les quatre s'effondraient à leur tour. Je parvins à distinguer, au ralenti, les traces d'impact au milieu des fronts, minuscules tâches. Comme une maladie foudroyante. Ils tombaient deux par deux, alors que mon adjoint m'avait parlé d'un seul tireur. Ça faisait déjà huit victimes, neuf avec le gardien de la petite porte d'entrée. Je trouvai les quatre autres depuis autre angle : une caméra pointée vers la grille dorée. Un homme vêtu de noir, en provenance du fond du parc, progressait à pas rapides, tel un danseur. Une arme dans chaque main, les deux bras indépendants, suivant chacun sa course, visée parfaite, ligne fluide. En face, les *spetsnaz*, par groupe de deux, venaient de se retourner, alertés par son entrée fracassante. Ils n'eurent pas le temps de tirer, il était déjà sur eux. Ses bras semblaient guidés par une force infaillible : deux impacts, puis deux encore… c'était fini. En temps normal j'aurais cru à un trucage. J'étais le meilleur tireur de la brigade, mais je ne me servais que d'une main, et sur des cibles statiques ou à mouvement lent, à l'entraînement. L'assassin usait des deux mains, comme si elles étaient indépendantes, comme si, ayant saisi la scène d'ensemble, il ne lui restait plus qu'à les laisser faire pour toucher chacun des Russes au milieu du front, avant qu'ils aient eu le temps de comprendre ce qui leur arrivait. Le rapprochement avec une installation artistique prenait tout son sens… c'était un spectacle de sensibilité créative, fondée sur la perfection du geste.

D'autres caméras montraient son entrée dans la maison de maître. L'homme pendu à la balustrade avait été frappé en même temps qu'un de ceux du rez-de-chaussée, les deux bras de l'ange exterminateur synchronisés comme par magie. Observant les films, je réalisai qu'ils faisaient eux aussi partie de l'installation artistique numéro 534. Une œuvre éphémère qui n'était destinée qu'à nous, personne d'autre ne la verrait jamais. Comment la qualifier ?

— *L'harmonie céleste*… murmurai-je.

— Vous dites ?

Mon adjoint me fixait d'un air étonné.

— Rien. C'est juste… ça n'a pas de sens, mais… il me fait penser à un pianiste.

Il aurait pu se demander si je perdais la tête, mais ça ne parut pas le déstabiliser. Sa formation scientifique.

— Vous voulez dire… l'indépendance des mains ?
— C'est ça. L'indépendance des mains. La précision du geste. Ce type n'est pas qu'un tueur, c'est un virtuose.
— Il n'a pas eu besoin de recharger. Deux Sig Sauer, dix balles par chargeur, vingt au total, dix-neuf victimes. Il n'en a mis aucune à côté. Les *spetsnaz* n'ont pas eu le temps d'en tirer une.
— Sur le film… il n'avait pas de silencieux ?
— Un silencieux diminue la précision. Pour arriver à ce niveau, il devait s'en passer. C'était risqué, les premiers cartons ont attiré les autres. Mais il était plus rapide et avec ses deux mains, il comptait pour quatre.

Le film serait envoyé au labo. Je n'avais guère d'espoir. L'homme portait une cagoule de skieur. On voyait ses yeux, mais nous n'avions aucune base de données d'iris pour faire le rapprochement, et ils étaient peut-être couverts de lentilles. Sa carrure était celle de la moitié des hommes de la brigade : un mètre quatre-vingts, musclé mais sans excès. Ses vêtements de sport noirs n'avaient rien de particulier.

Effet imprévu du massacre : nous mettions la main sur les archives de Joukov. Des carnets, des ordinateurs portables, tous ses secrets nous parvenaient sans effort, cadeaux de l'artiste inconnu. Ce qui me gênait dans l'affaire ? Qu'un jardinier concurrent vienne arracher les ronces sur mon territoire, à ma place, avec des méthodes plus efficaces que les miennes. J'aurais pu m'en réjouir…

j'étais frustré. Je me souvins de cette employée, dans un restaurant en libre-service, qui m'avait fusillé du regard lorsque je ramenais mon plateau. C'était son travail de nettoyer les tables. Elle craignait de perdre sa place, si tous les clients faisaient comme moi. Et plus que la peur du chômage, elle avait dû ressentir une forme d'humiliation, la négation de son utilité sociale. J'avais le même sentiment, devant le jeu de massacre du virtuose aux deux Sig Sauer.

— On va le coincer, dis-je simplement. Un type comme ça ne peut pas disparaître sans laisser de trace.

Il travaillait peut-être pour Kholodov. Le dernier des Cavaliers, seul maître désormais. Ou alors un nouvel entrant, profitant de mon débroussaillage pour se faire une place ? Une idée absurde me traversa, je l'écartai. Il ne faut pas rejeter l'intuition, mais un flic doit être rationnel.

Sur place, personne à interroger. Je demandai à mon adjoint l'adresse du metteur en scène. Je doutais qu'il ait quoi que ce soit à m'apprendre sur l'affaire, mais j'avais envie de le rencontrer. Je voulais comprendre ses motivations, sa façon de voir le monde. Les extraits de ses productions, que j'avais parcourus sur son site internet, révélaient une capacité que j'avais perdue depuis longtemps.

Coïncidence : Lucien Karpiner habitait rue du Salfessier, dans la petite maison où s'était engouffré l'enfant, entourée d'un minuscule jardin clos. Après le parc de Joukov, j'avais l'impression de pénétrer dans le territoire d'une poupée. Il m'ouvrit la porte : l'intelligence de son regard me troubla. Je ne fréquentais pas d'artistes de scène, j'avais tendance à les considérer comme des gens peu sérieux, des dilettantes privilégiés, dans leur monde imaginaire. Karpiner était concentré, précis, ses productions étaient aussi importantes pour lui que les enquêtes l'étaient pour moi. Il ne s'agissait pas de vie ou de mort… mais de vie, tout simplement. C'était déjà beaucoup.

Il n'était pas surpris de ma visite. Je l'observai : très mince, muscles saillants, un corps où rien de superflu ne traînait. Une formation de mime et d'acrobate. Je pensai au tueur agile, mais j'effaçai vite le rapprochement. Au moment du meurtre, Karpiner avait une caméra à la main, devant deux cents témoins à l'autre bout du village. Il me fit asseoir dans son petit salon, couvert d'objets disparates. Un costume de scène (ou bien une de ses tenues de villes ?), une peluche géante en forme d'hippopotame, la tête d'un monstre en papier mâché, un vieux piano comme dans un *saloon*, trois fauteuils Chesterfield à moitié défoncés.

— Je ne sais pas comment vous aider. On ne voyait jamais les Russes, ils entraient par l'autre côté. Et ce jour-là…

— Je sais, l'interrompis-je. Comment avez-vous choisi la date du tournage ?

— C'est le maire qui décide. Toujours au début de l'été, un week-end.

— Et ce film… pourquoi ?

Il réfléchit un instant, cherchant ses mots.

— Quand nous nous sommes installés ici, ça nous a paru… évident. C'est un village à la fois soudé et accueillant. Nous voulions créer quelque chose, avec les habitants. Un spectacle vivant, ce serait trop compliqué. Le film muet, ça dispense d'apprendre un texte. Et puis… nous avons été formés par Marcel Marceau.

— Le mime ? Quel rapport ?

— Avec le cinéma muet ? S'exprimer sans la parole, avec le visage et le corps... Marceau admirait beaucoup Chaplin. Il prononçait « *Chaplain* ».

Il esquissa un sourire, poursuivit :

— Une technique différente, la même visée. Il avait une expression pour ça… « *Faire passer le sentiment à travers le silence, comme une musique intérieure* ». Vous savez qu'à son enterrement, le Ministre de la culture ne s'est même pas déplacé ?

Il me regardait avec plus d'intensité, comme une colère rentrée. Le souvenir de son maître remuait quelque chose. Je haussai les épaules :

— Les Ministres… le mien n'est pas venu quand j'ai fait tomber Vodoleiev. Pourtant…

Il leva un sourcil. Le nom d'Alexeï n'était pas sorti dans les journaux. Il imaginait peut-être que je faisais référence à un artiste russe. J'en profitai pour entrer dans le vif du sujet :

— J'ai croisé tout à l'heure un gamin blond, cheveux longs. Il est entré ici.

— Herschel. C'est mon fils.

— Il m'a dit quelque chose du style… « *chez les Russes, on met les chenilles et les feuilles* ».

Il sourit.

— Vous avez vu notre jardin ? Pas très grand, mais il y a un peu de nettoyage à faire. Plutôt que d'aller en voiture à la déchetterie, on jette les rebuts dans leur tas d'humus. Ça ne dérange personne.

La porte du fond s'ouvrit, la tête du blondinet parut au bord. Il nous regardait avec attention, parut hésiter. Il se décida d'un coup :

— C'est un secret…
— Qu'est-ce qui est secret ?
— Je l'ai trouvé près de chez les Russes.
— Qu'est-ce que tu as trouvé ?

Il ne répondit pas, secoua la tête, l'air sérieux. Karpiner fit un signe, lui dit quelques mots. L'enfant vint s'asseoir sur ses genoux, sans cesser de me regarder. Je m'adressai à lui, en posant ma voix :

— Si tu as trouvé quelque chose, ça peut être important. Et les secrets, c'est mon métier.
— Ton métier c'est de trouver des secrets ?
— Oui.

Incertain, il se tourna vers son père, qui hocha la tête. Cela sembla le décider. Il descendit, se tint droit, juste devant moi, mit sa main dans sa poche et en sortit un objet minuscule qu'il me tendit, ses yeux dans les miens. Une clé USB. Il l'avait trouvée à proximité de l'entrée du parc, alors qu'il s'apprêtait à jeter des chenilles et avait vu la porte défoncée. La clé était dans l'herbe, il l'avait ramassée, était rentré chez lui en courant.

— Merci, Herschel. Tu es fort en secrets.

Il retourna sur les genoux de Karpiner, fier de ses talents de détective. Cette clé n'avait peut-être aucun rapport avec mon histoire… le virtuose avait autre chose à faire que semer des indices pour me rendre service. J'étais quand même curieux de découvrir son contenu. Il était temps de prendre congé. Avant de sortir, sur le pas de la porte, j'avais une question à poser au metteur en scène. La question qui m'avait poussé à lui rendre visite.

— J'ai vu des extraits de vos spectacles. Je me suis demandé… Ce regard, cette fantaisie. Il y a du rêve, du cauchemar, mais on reste toujours dans le merveilleux. Comment faites-vous ?

Il hésita avant de répondre, en me regardant plus attentivement. Il se demandait peut-être quel était le rapport entre cette question et la vingtaine de cadavres. Il désigna son fils, resté en retrait, qui nous observait :

— J'essaie de voir le monde comme lui.

7. PELOUSES

De retour dans le parc, je confiai la clé USB à mon adjoint, pour transmission au laboratoire. Puis je sortis mon portable.

— Medvedev ? Il faut qu'on parle. Joukov…
— Je sais. Pas au téléphone.

Au son de sa voix, il était terrifié. Je lui donnai rendez-vous au Champ de Mars, pour changer. Après la Celle-Les-Bordes, j'aimais l'idée de rester quelque temps à l'air libre. Et vu ce qu'il venait de se passer, ni le restau indien ni aucun autre endroit ne pouvait plus être considéré comme sûr. Au milieu des touristes, face à la Tour Eiffel, je risquais moins de le compromettre, et son odeur de transpiration serait plus supportable qu'en espace confiné.

Une heure plus tard, nous étions sur un banc, face à la pelouse couverte de visiteurs venus de loin. Pakistanais, Chinois, Irlandais, Italiens… On aurait pu nous confondre avec eux : lunettes de soleil, casquette, T-shirt. Ne manquait que la bouteille de champagne ou le pack de bière. Pour rassurer mon indic et nous fondre dans le décor, je me procurai du rosé tiède, auprès d'un vendeur à la sauvette congolais. Medvedev était perplexe :

— Personne ne sait rien. C'est la panique, on ne comprend pas. Joukov et Kholodov venaient de s'entendre sur le partage, la guerre était finie.

— Et si c'était Vodoleiev, depuis Téhéran ?

— Il ne s'en prendrait pas à Joukov. Et il n'a plus de réseau ici, ceux qui restaient se sont répartis. On pense tous à quelqu'un d'autre, mais comme on ne sait pas qui… on se méfie, c'est devenu très tendu. Il vaudrait mieux qu'on ne se parle pas pendant un moment.

— On se parle quand j'en ai besoin, Medvedev. Tu peux y aller, je te ferai signe.

Il détala. Je restai songeur un moment. La proximité de mon ancien quartier réveillait une douleur que je croyais avoir enterrée pour de bon… une pointe entre mes côtes, tout près des poumons. Et comme un ganglion dans la gorge. Je me décidai à partir, slalomant entre des groupes de filles hilares et des garçons en chaleur. Je fis cadeau de la bouteille à un groupe d'Américaines.

A la BSAB, je retrouvai mon adjoint. Je voulais examiner le contenu de la clé avec lui, pour profiter de son expérience à la DGSI. Il m'apprit que le labo avait transmis le fichier aux cryptographes, pour décoder.

— Décoder quoi ?

— La séquence. Vous allez voir, ou plutôt entendre. Ça ne veut peut-être rien dire, mais on a déjà eu des messages transmis sous cette forme.

Il ouvrit sa copie du fichier. L'enregistrement durait six minutes. J'écoutai. Je sentis une émotion étrange, un tremblement que j'avais du mal à maîtriser, comme une envie de pleurer. Je fermai les yeux un instant. Puis je me tournai vers lui :

— Les cryptos veulent décoder *ça* ?

— C'est la procédure.

Je soupirai. Un Centralien… très fort pour certaines choses, mais pour d'autres, totalement à côté. Plutôt que d'engager une discussion, je lui fis une demande.

Il me regarda d'un air incrédule, et répliqua :

— A quoi ça va servir ? Je ne vois pas…

— Une intuition. Gardez ça pour vous. C'est peut-être absurde, je veux juste vérifier. Ce qui prendra du temps, c'est de récupérer tous les points de comparaison, mais ensuite ça devrait aller vite. Pas besoin d'y passer six minutes à chaque fois, les trente premières secondes devraient suffire. Au total ça ne devrait prendre que deux ou trois heures, une fois les échantillons récupérés. Je doute qu'il y en ait plus de deux cents.

— Justement, les « échantillons » comme vous dites, ce n'est pas évident.

— Il y a des bases de données en ligne, et des boutiques spécialisées. Je ferai la comparaison moi-même, sinon j'aurai toujours un doute. Mais pour ça j'ai besoin d'échantillons exhaustifs, vous comprenez ?

Il hocha la tête. Même lorsqu'il ne comprenait pas, il faisait ce que je lui demandais. Il lui fallut dix jours pour récupérer la totalité. Certains n'étaient pas disponibles en France, ni sur Internet. Le temps de les trouver ailleurs, en urgence… je piétinais.

Entre temps, nous avions eu la confirmation de la balistique : les dix-neuf cadavres de la Celle-les-Bordes avaient bien été tués par deux Sig Sauer, les dix-neuf douilles avaient été retrouvées. Aucune trace des armes. Le film ne donnait rien, comme prévu. On avait seulement confirmé qu'il n'y avait pas de trucage… l'exploit du virtuose était jugé possible par les spécialistes de physiologie humaine, même si aucun cas de ce genre n'avait été répertorié. Le type en charge me délivra sa leçon :

— Les capacités hors du commun, ça existe. Vous connaissez l'histoire de Ramanujan, le mathématicien indien ? Début du vingtième siècle. Capable de voir d'un coup des relations complexes entre les nombres, que les plus grands chercheurs de son temps s'échinaient en vain à démontrer, alors qu'il n'avait eu aucune éducation ! Les équations lui apparaissaient en rêve, pendant la nuit, il les écrivait au réveil. On ne sait pas grand-chose du cerveau humain. Votre tueur a des capacités spéciales, c'est sûr. Il se dédouble. Si vous lui mettez la main dessus, il intéressera les médecins. Il a peut-être bénéficié d'un dopage… Il faudra une imagerie cérébrale, pour bien comprendre.

Mon virtuose, cobaye de laboratoire. L'idée me fit sourire. Il fallait d'abord que je l'attrape.

Enfin, mon adjoint acheva ses recherches. Les échantillons étaient à notre disposition. Il y en avait cent douze. Je passai deux heures avec lui, à les comparer à l'enregistrement.

— Aucun ne correspond, on est d'accord ?
— Aucun… il me semble. Je ne suis pas spécialiste.
— Vérifions une deuxième fois, je veux être sûr.

La deuxième séance confirma la première. Je lui demandai de me laisser seul. Je devais faire un effort de mémoire, retrouver un nom… ça y était. Je cherchai ses coordonnées : trouvées. Je l'appelai pour prendre rendez-vous. L'idée était baroque, mais je n'avais rien d'autre, et j'avais décidé de fonctionner à l'intuition.

Paisibles et concentrés, ils prenaient leur temps. Le noir et le blanc mêlés, comme les pièces duveteuses d'un jeu d'échecs, une ou deux familles au complet. Je distinguais mal les adultes des enfants. Quant aux mâles et aux femelles… il aurait fallu se livrer à des contorsions difficiles. Des grilles entouraient le terrain, pour bien montrer qu'il leur était réservé. A moins que ces grilles ne fussent là pour les emprisonner ? J'observais ces moutons, qui savouraient l'herbe en silence. C'était un échange équilibré, de ceux que Smith et Ricardo auraient approuvés. Les moutons broutaient l'herbe, ce qui dispensait les humains de la tondre. Et les passants profitaient du spectacle. Tout le monde y gagnait. A les contempler en rêvant, j'en avais oublié où j'étais : au milieu de l'avenue de Breteuil. La municipalité de Paris poursuivait ses innovations dans l'entretien des pelouses. Je préférais voir les moutons à l'abri dans ce quartier bourgeois, plutôt qu'à proximité des véhicules hurlants et des vapeurs toxiques du boulevard périphérique, où les premiers tests avaient été menés.

42, avenue de Breteuil. L'adresse était chic. Au rez-de-chaussée, une boutique spécialisée dans les Champagne. A côté, *Paris Prestige Cars*, un garagiste de cabriolets et autres véhicules de luxe. Je criai mon nom dans le vieil interphone, qui fonctionnait mal, et montai à pied jusqu'au cinquième étage. L'ascenseur en bois paraissait dater du dix-neuvième siècle, je ne voulais pas prendre le risque d'y être bloqué. J'aurais eu du mal à justifier ma visite si j'avais dû faire appel à la brigade. Lorsqu'il m'ouvrit la porte, Abel Bonnard eut un mouvement de recul, une sorte de stupeur effrayée, comme si la Baba Yaga débarquait. Il n'avait peut-être pas bien entendu, avec son interphone antique… ou bien l'arrivée d'un policier lui faisait peur ? Dans ce cas j'avais bien fait de venir.

L'entrée donnait sur un salon mal éclairé, au plafond laqué rouge foncé, et couvert de disques sur chaque mur. Ils devaient être quinze mille, en calculant vite. Je ne lui avais rien dit à l'avance, je voulais une réaction spontanée. Après quelques vagues mots d'introduction, j'attaquai.

— J'ai un enregistrement à vous faire écouter.

Il me fixa, comme s'il cherchait à décoder. J'avais du mal à lui donner un âge. Le genre de type qui a la même apparence à cinquante ou à trente ans. Une fine moustache, de grosses lunettes noires à l'ancienne, des cheveux légèrement frisés. Il s'inclina légèrement :

— Si je peux vous aider…

Je sortis la clé USB. Il me fit asseoir sur son canapé couvert de tissu rouge, et la brancha sur son installation audio. Un ampli haut de gamme YBA, un lecteur Rega, des enceintes Cabasse. L'ensemble devait coûter dix mille euros. Logique. Il s'installa à mes côtés, concentré, fixant un point devant lui.

Une qualité exceptionnelle… autre chose que l'écoute à la BSAB. Le contrepoint résonna dans le petit salon, avec un léger écho, comme si le pianiste était devant nous. Les voix se parlaient. La tonalité mineure donnait à l'ensemble une tristesse que la perfection transformait en allégresse. Je voyais sa peau frémir, sa respiration accélérer. Ses yeux étaient fermés. Une larme coula au bord, discrète. J'attendis la fin, me tournai vers lui :

— Alors ? Vous reconnaissez ?

— Bien sûr. Quatrième fugue du *Clavier Bien tempéré*, premier livre. Do dièse mineur.

— Et l'interprète ?

Il hésita :

— Vous connaissez le nombre d'enregistrements, en ne comptant que ceux au piano ?

— Oui… Cent douze. Je suppose que vous les avez tous ?

Je désignai les étagères du salon.

Il me considéra plus attentivement, puis me répondit comme à un enfant un peu lent à comprendre.

— Pas tous, non. Mais… vous m'imaginez capable de reconnaître chaque version, instantanément ?

— J'aurais pensé. De toute façon, on peut gagner du temps. J'ai comparé celle-ci avec tous les disques du commerce. Aucun ne correspond.

Il commençait à se troubler. Il regarda son tapis aux reflets dorés, seule touche de clarté dans la pièce.

— Pourquoi ce test alors ? Pour retrouver un pianiste amateur ?

— Vous connaissez des amateurs qui jouent comme ça ?

Il détourna la tête, évitant de répondre, commença à se tortiller sur le canapé. Je repris :

— Je pense plutôt à un disque qui n'est jamais sorti, dont vous êtes le seul à avoir rendu compte. C'était dans la revue *Diapason*. Vous étiez invité dans le studio. *L'harmonie céleste… la confrérie d'anges…*

Il ferma les yeux.

— Christophe Giraldo, articula-t-il.

Les mots semblaient ne pas vouloir sortir. Un blanc.

— Pourquoi êtes-vous ici ? C'est un jeu ? Où avez-vous trouvé cette clé ?

Il me regarda à nouveau, l'air un peu perdu, comme s'il cherchait une lanterne au fond de mes yeux.

— Répondez-moi d'abord. Est-ce la version de Giraldo ?

— Non. Giraldo avait quelque chose de plus. Le phrasé, l'articulation. C'est peut-être la version d'essai d'un grand pianiste ? Richter par exemple…

Il mentait. Pas besoin de polygraphe : ce tressaillement au coin des yeux… seuls des gens bien entraînés peuvent le contrôler. Je ne relevai pas. Il m'avait répondu, même sans le vouloir. Il fallait aller jusqu'au bout.

— J'ai autre chose à vous montrer. Un film.

Je sortis mon ordinateur portable, le posai sur la table basse devant lui. Sur l'écran, il observa les mouvements, l'équilibre, la danse de l'assassin, la perfection des gestes. Il fit une grimace.

— Je suis musicologue, pas spécialiste en armes à feu.

— Quand j'ai vu cette bande de vidéosurveillance, une expression m'est venue : *harmonie céleste.* C'est peut-être un hasard. Mais entre ça et la clé USB, ça fait deux indices. Est-ce que vous voyez un rapport entre le style de ce tueur et celui de Giraldo ?

Il parut stupéfait, comme s'il avait affaire à un cinglé.

— Giraldo était pianiste. Et ça… c'est un tueur expert.

— Un virtuose. Comme vous l'écriviez : « *chemine, court et virevolte…* ».

— Je ne vois pas le rapport, à part qu'il utilise ses deux mains. On peut être ambidextre sans être musicien.

Je lui mis les mains sur les épaules et approchai mon visage à dix centimètres. L'odeur âcre de tabac et d'alcool me prit à la gorge… je me maîtrisai.

— Je pourrais vous faire passer au détecteur de mensonge. Mais je suis pressé. Cette clé a été trouvée sur les lieux d'un massacre. Dix-neuf morts.

Il ne répondit pas, secoua la tête. J'insistai, le serrant plus fort :

— Il faut m'aider à le retrouver. Vous croyez le protéger ? Vous ne lui rendez pas service. D'autres le cherchent, s'il est mêlé à ça… Et les autres sont plus dangereux. Vous avez entendu parler de la *Bratva* ? Ils découpent les gens en petits morceaux. S'il a laissé cette clé, c'est peut-être pour que je le retrouve ? Je l'ai rencontré, il y a dix ans.

Il ferma un instant les yeux, les rouvrit et murmura :

— Peut-être… lui saura comment faire.

Il leva la tête. J'avais toujours les mains sur ses épaules.

— Vous permettez ? Je dois l'avoir quelque part.

De quoi parlait-il ? Je le relâchai. Il fit quelques pas vers le fond de son petit salon, ouvrit une commode en bois verni et fendu, et se mit à fouiller.

— Voilà ! Je savais bien.

Il me tendit une carte de visite :

Docteur André Vossel.
Psychanalyste et psychiatre, hypnothérapeute, PNL
Ancien interne de l'Hôpital Bichat
17, avenue de Saxe – 75007 PARIS
Sur RDV – 01 43 26 55 64

Il me conseillait un psy ?

— Que voulez-vous que je fasse de cette carte ?

Je détachai les syllabes, avec un ton froid… mais j'étais troublé.

— Si vous tenez à trouver Christophe Giraldo, adressez-vous au docteur Vossel. Mais vous feriez mieux de laisser tomber. Je ne vois pas le rapport avec votre affaire, ni ce qui peut en sortir de bon.

Sa voix était lasse, un voile sur ses yeux. Était-ce une menace ? Pourquoi m'envoyer sur une piste et me mettre en garde ? L'histoire des relations entre les Cavaliers et nos services me revint. Et si la DGSI avait visité Bonnard ? J'étais suivi à la trace ? Ils intimidaient mes témoins ? Ou bien le critique s'en voulait d'avoir cédé à la pression, cherchait à revenir en arrière ? Rien n'avait de sens dans son discours confus.

J'observai les caractères : imprimés en relief, l'élégance d'une police Garamond, une teinte argent. Le tout sur du papier clair et brillant.

— Quel rapport entre Giraldo et ce… docteur ?

Il me regarda avec attention, comme s'il imaginait que j'allais répondre moi-même à la question :

— Le docteur Vossel a aidé Christophe Giraldo à surmonter son accident. Sans lui, il aurait fini par se suicider.

— Vous croyez qu'il le voit toujours ?

— Je n'en sais rien…

Il évitait mon regard désormais, et semblait pressé de me voir partir. Je n'en tirerais plus rien. Je le saluai et sortis, la carte dans la poche. De loin je l'entendis murmurer « *bonne chance…* » comme s'il parlait à quelqu'un d'autre, ou à lui-même.

Enfin dehors à l'air libre, avenue de Breteuil. Les moutons avaient disparu. Je les imaginai libérés par des gamins imprudents, volés par des trafiquants… Je ne raisonnais plus très bien. Le moment passé avec Bonnard m'avait dérangé, et même ébranlé. Son regard fuyant, ses gestes évasifs… J'étais tenté de le mettre en garde à vue, mais le seul élément à charge était l' « *harmonie céleste* » : une expression qui figurait dans son article écrit douze ans plus tôt, et qui m'était venue à l'esprit en contemplant une scène de crime. Trop léger…

8. JARDIN ANGLAIS

Je devais rendre compte de mes découvertes. Face à Dugommier, je détaillai les événements de la Celle-Les-Bordes : le virtuose aux Sig Sauer, le témoignage de Lucien Karpiner, la vidéo-surveillance, la clé USB dans les mains de la cryptographie (pour décoder une séquence de Jean-Sébastien Bach, datant de trois siècles). Je ne mentionnai ni Giraldo, ni Bonnard, ni Vossel : pour ce genre de piste incongrue, mieux valait avoir quelque chose de tangible. Dugommier se méfiait des gens trop imaginatifs.

— C'est tout ? (un peu surpris).
— A ce stade, oui. Mais j'ai peut-être…

Un bruit lointain de canon. Il fit tourner ses lunettes d'un geste bref, suspendues en équilibre précaire à l'une de ses oreilles, les verres à l'écart de ses yeux. Presbytie. J'avais beau l'avoir vu faire des dizaines de fois, je restais impressionné par la fluidité du mouvement. Un message venait d'atterrir sur son vieux Blackberry.

— Le cabinet du Ministre. Ils demandent où nous en sommes… leur deuxième texto de la journée.

— Eh bien…

— Trouvez-moi quelque chose. D'ici trois jours.

— Trois jours ?

— J'apprécierais. D'habitude vous allez plus vite. Si vous n'y arrivez pas, je devrai mettre Clouzard sur l'affaire.

Clouzard… ce pitre flasque et sournois. Le coup était bas.

Je sortis, comme une mouche s'échappe d'un verre où on l'a prise au piège. A l'abri dans le couloir, je réfléchis. La piste Giraldo était plus qu'incertaine : un psy probablement charlatan, une expression qui m'était venue au hasard, une clé trouvée par un enfant… un tueur qui m'avait fait penser à un joueur de fugue. J'avais bien fait de ne pas en parler. En me voyant patauger aussi lourdement, Dugommier aurait passé le dossier à Clouzard illico.

Tiens, Clouzard justement. Je le vis passer une tête. Son air de fouine… est-ce qu'il me guettait ? Il s'imaginait être mon rival, alors qu'il ne m'arrivait pas à la cheville. Il avait profité de l'épisode Kholodov, l'année précédente, pour marquer des points.

Trois jours pour trouver quelque chose. Je sortis la carte de ma poche.

Bonnard avait failli tomber à la renverse en m'ouvrant la porte. Au 17 avenue de Saxe, le docteur Vossel m'accueillit souriant, détendu. J'aurais imaginé un barbu au front ridé, ou un moustachu à lunettes au regard trouble. Pour me préparer, j'avais revu ce film américain sur Sigmund Freud et Carl Jung, avec une actrice anorexique. Mais l'ancien interne de l'hôpital Bichat n'avait rien à voir avec ça. Il ressemblait plutôt à un DRH sur une couverture de magazine : souriant, empathique, l'œil pétillant derrière des lunettes bleu turquoise, qui devaient venir d'un opticien fantaisiste. Un mètre soixante-cinq. Des cheveux gris sur un visage juvénile, aux angles arrondis. Aucune photo n'était disponible sur internet. C'était délibéré : il guettait la réaction des patients au premier rendez-vous, ça lui donnait de premières indications.

Dynamique, sautillant presque, il me fit entrer dans son appartement haussmannien au plafond deux fois plus haut que lui, et au parquet laqué en miroir. Narcisse aurait pu s'y contempler sans risque de noyade. L'argent que lâchaient les clients du docteur se voyait sur les murs, comme si les prix avaient été affichés. Un procédé classique en psychanalyse. Pour que la cure fonctionne, il fallait que le patient contribue à l'entretien d'un jardin anglais : l'appartement du docteur Vossel, où poussaient en liberté peintures, photographies, sculptures, luminaires et mobilier signé.

Il me fit asseoir dans un fauteuil en arc de cercle, assez peu confortable.

— Clair de jour, dessiné par Andrée Putman.

Je le regardai, perplexe.

— Le fauteuil, précisa-t-il.

Lui-même prit place dans un sofa « Croissant de Lune ».

— Merci… mais je ne suis pas venu pour un cours de design de meubles.

— Je sais ce que vous êtes venu chercher.

Un sourire amical. Bonnard l'avait prévenu, j'aurais dû y penser. Il avait ruiné mon effet de surprise.

— Tant mieux, gagnons du temps.

La bienveillance, l'air attentif et doux. C'était le plus dangereux. On se laisse séduire, on prend confiance, et on finit tout nu. Puisqu'on jouait cartes sur tables, autant poser la question d'entrée :

— Pouvez-vous me dire où se trouve Christophe Giraldo ?

— Oui et non.

Réponse cryptique. Et son regard… toujours souriant, affable, concerné. Hypnothérapeute. Je détournai les yeux. Impossible d'hypnotiser quelqu'un qui s'y refuse, il faut l'assentiment du cobaye… c'est ce que j'avais lu. Mais si des spécialistes disposaient de techniques plus pointues ? « *Une méthode dangereuse* » : c'était le titre du film sur Freud et Jung, avec Keira Knightley. Si ces techniques existaient, elles donnaient à leurs maîtres un tel pouvoir… qu'elles étaient secrètes ! On nous enfumait depuis des années sur le caractère inoffensif des hypnotiseurs. L'hypothèse était crédible. J'avais un exemple du même genre : les grandes illusions des magiciens, intactes depuis des siècles, alors que les disciples auraient eu le temps de les dévoiler. Comment faire ? Pour réduire les risques, j'imaginai une protection minimale : limiter à trois secondes le temps où je laisserais ses yeux dans les miens. Je repris :

— « *Oui et non* » ? Pouvez-vous être plus précis ?

Il hocha la tête, se pencha vers moi. Il était à cinquante centimètres. J'avais l'impression que sa main allait se poser sur mes genoux. Je cherchai un indice dans la décoration de l'appartement : homo ou hétéro ? Impossible de conclure. Il hocha la tête :

— Je dois d'abord vous expliquer la nature du traitement que j'ai testé sur Christophe Giraldo.

— Testé ?

— C'était un processus expérimental. Il le savait, il était prêt à prendre le risque. Dans sa situation… c'était un cas désespéré. Il avait fait une tentative de suicide, sérieuse, pas du style de l'appel au secours. Il s'en était fallu de peu.

— Comment ?

— C'est du secret médical. La police n'est pas intervenue.

— Poursuivez.

— Il ne supportait pas de ne plus jouer. Toute sa vie était là. Ses seules distractions… la lecture, des classiques et des romans policiers. Et les jeux d'argent, pendant ses tournées. Une manière de s'extraire un moment. Des activités solitaires aussi.

— Comme Boris Berezovsky ?

Il acquiesça, surpris. Je pensais à ce colosse russe, dont le physique évoquait plus un *spetsnaz* qu'un pianiste concertiste. Berezovsky : les pièces les plus difficiles de Chopin filaient sous ses doigts, comme une piste verte sous un skieur de compétition. En tournée, il finissait ses nuits dans les casinos, seul devant des piles de jetons.

— Ces vies de pianiste virtuose sont hors du commun. Pour un psychiatre, c'est un objet d'étude.

J'ai publié un article, il pourrait vous aider à comprendre.

Il fit quelques pas jusqu'à un bureau laqué noir, liseré d'argent, style art déco. Le résultat probable d'une douzaine de séances de cure. Il en sortit un épais volume qu'il me mit dans les mains : *Journal of International Psycho-Analytic Research, volume 28.* Papier luxueux, caractères Georgia. Je feuilletai quelques pages incompréhensibles.

— Je lirai ça plus tard.

Je posai l'ouvrage sur une table basse en laiton massif, dont la forme oscillait entre la feuille de chêne et le coquillage.

— *L'Origine du Monde,* de Dolph Lundgreen.

— Pardon ?

— Cette sculpture... une référence au tableau de Courbet.

Le coquillage en laiton, un sexe de femme ? Je n'étais pas convaincu, aucune ressemblance. Il se moquait peut-être de moi, cherchait à me manipuler. Comment savoir ? Je le fixai sans ciller, pendant trois secondes, pas plus. Puis jetai un coup d'œil au mur où me souriait le portrait d'un bouffon triste et sanglant, vêtu d'un costume flamand de teinte violette. Alterner les distractions pour échapper à l'hypnose... je me dispersais. Je le ramenai à Giraldo.

— Le seul moyen pour lui de continuer à vivre, c'était d'oublier. Ne plus voir de piano, ne plus écouter de musique, ça ne suffisait pas. Il fallait qu'il efface, qu'il devienne quelqu'un d'autre.

— Quelqu'un d'autre ? Comment ?

— L'hypnose. On peut traiter des addictions, des problèmes de poids... on oriente l'action du patient.

Tout doit être volontaire. Je ne peux pas convaincre quelqu'un d'arrêter de fumer. Mais je peux l'aider si le seul barrage est son manque de discipline.

— Vous parliez de traitement expérimental…

— Ce n'était pas une habitude à changer. C'était… son être. Il avait commencé le piano à deux ans, il passait toutes ses journées sur son clavier. On ne pouvait pas lui enlever ça et le laisser dans la nature. Il aurait été vide… un peu comme une lobotomie.

Je pensai à ce film où un malfrat se faisait passer pour fou, atterrissait dans un asile aux médecins plus tordus que les malades. Il encourageait les internés à la révolte. On tentait de le calmer à coup d'électrochocs… l'affreuse psychiatre en chef décidait de lui enlever un bout de cerveau. Une simple cicatrice sur le côté du front : c'était un légume. Depuis que j'avais vu Jack Nicholson réduit à l'état de plante dans un corps humain, je me méfiais des psychiatres. Vossel malgré son air charmeur ne m'inspirait pas plus confiance que celui de la BSAB, qu'on m'avait forcé à voir durant quelques mois. A nouveau trois secondes, droit dans les yeux… j'aperçus le portrait d'un colosse vert vêtu d'une collerette blanche, pendu au mur à côté du bouffon sinistre.

— Comment avez-vous fait ?

— Suggestion hypnotique et programmation neuro-linguistique. Des théories antagonistes : la psychanalyse d'un côté, les sciences cognitives de l'autre. Leurs partisans s'injurient, se détestent, mais ça n'empêche pas de les combiner… c'était mon intuition. L'idée n'était pas seulement de lui faire oublier le piano, mais de mettre quelque chose à la place. Il fallait remplir sa vie, avec des souvenirs différents.

— Ça ressemble à un suicide.

Il devait s'attendre à cette réaction. Un regard compréhensif, presque tendre. Trois secondes… je levai les yeux vers un homme vêtu d'un casque doré, d'une collerette blanche et d'une cape rouge foncé.

— Elles vous intéressent ?
— Pardon ?
— Les photographies. Des personnages de bande dessinée dans des tableaux du style de Rembrandt. L'artiste s'appelle Sacha Gol…

— Je ne suis pas venu pour vos photos. Nous en étions au suicide ?

Il hésita un instant. Il n'aimait pas être interrompu.

— Ce n'était pas un suicide… mais une nouvelle vie. Je suis catholique.

Derrière lui, accroché au mur, un crucifix. Au milieu des œuvres d'art. C'était donc un vrai ?

Il hocha la tête, poursuivit le fil :

— Ses souvenirs ont changé, mais son âme reste la même. On n'en a qu'une. Toujours obstiné, prêt à se donner dans ce qu'il fait, jusqu'au bout. Il a choisi un nouveau métier. Le jour de la transition, je l'ai vu heureux, pour la première fois depuis son accident.

— Il vous a suffi d'une journée pour le transformer ?

La transition, c'était le dernier jour, après six mois de préparation. Un entraînement intensif.

Il me détailla la méthode, inspirée d'un Russe. Solomon Cherechevski. Un « hypermnésique » qui n'oubliait rien. Il se produisait en public, apprenait des listes de chiffres, des textes, des numéros de téléphone, des noms, tout et n'importe quoi. Son succès avait duré des années. A force, étouffé par les souvenirs, il suffoquait, ne s'en sortait plus, finissait par tout confondre. Il voulut oublier... Ce n'était pas si simple. Il suffit de se concentrer pour ne pas penser à quelque chose, par exemple un éléphant blanc... on ne pense plus qu'à ça. Cherechevski s'en sortait en associant aux souvenirs des images de remplacement, et à force de les associer, les secondes finissaient par remplacer les premiers. Sa technique était décrite dans le livre d'un certain Alexandre Luria : *L'Homme qui se souvenait trop*. Je notai le titre, à tout hasard.

Vossel avait préparé Giraldo pendant six mois. La combinaison de l'hypnose et de la programmation neurolinguistique avait fonctionné. Il avait appris à ne plus penser à lui-même, à remplacer les vrais souvenirs par des faux. Il conclut :

— Le jour de la transition, Giraldo a... pris congé de son passé, par une dernière séance d'hypnose prolongée. Il s'est rendu dans son nouveau logement, où rien ne rappelait sa vie antérieure, s'est couché, s'est réveillé un autre homme. Je ne l'ai jamais revu. J'ai pris des renseignements, à distance, je l'ai surveillé discrètement... c'est tout.

— Et ses amis ? Sa famille ? Ils jouent le jeu ?

— Fils unique, parents décédés avant son accident. Son seul ami, c'était Bonnard. Il était prévenu. Pas de la nouvelle identité de Giraldo, mais du principe du changement. Il savait qu'il ne le verrait plus.

— Et si quelqu'un le reconnaissait dans la rue ? Une vague relation ? Un concierge, un type du studio Deutsche Grammophon, un spectateur d'un concert ?

— Il a changé. Pas la chirurgie esthétique, mais ses nouveaux centres d'intérêt, et la vie qui passe. Ça vous est déjà arrivé de croiser quelqu'un que vous croyez reconnaître, ou qui croit vous reconnaître, mais vous n'êtes pas sûr ?

— Rarement, mais…

— *Déjà vu*. On se débarrasse de l'importun en prétextant une urgence, ou bien on lui dit qu'il s'est trompé. Nous avions programmé ce comportement comme un réflexe, pour être sûr que ça n'aille pas plus loin.

— Fascinant. Je suppose que cette expérience est retracée quelque part… un article de recherche ? Les actes d'un congrès de psychiatres ?

Il secoua la tête.

— Non. Dans un article, je devrais mentionner le profil du patient. Vu son histoire, ce serait facile de l'identifier… Il n'y a que lui et moi qui savions.

— C'est commode, murmurai-je.

— Vous avez du mal à me croire. Je comprends, mais je ne peux pas vous en dire plus. J'ai déjà dépassé les limites du secret médical. J'ai mes raisons… je n'irai pas plus loin.

— Même si ça vous conduit à faire obstruction à une enquête sur dix-neuf meurtres ?

Son regard devint plus intense, précis comme un instrument chirurgical. Je n'arrivais plus à m'en détacher.

— Laissez tomber Giraldo. Ce n'est pas un assassin. Il ne travaille pas pour la mafia russe ou que sais-je…

— Laissez-moi l'interroger, je rayerai vite son nom. On gagnera du temps.

— Non. Vous ne l'interrogerez pas. Et si vous persistez dans cette voie… je ne sais pas comment ça va finir, mais ce sera mauvais.

— Pour lui ou pour vous ?

— Pour lui et pour vous.

C'était un avertissement. Prononcé d'une voix bienveillante… Il ne plaisantait pas. Pour qui travaillait-il ? DGSE, DGSI ? Giraldo s'était recyclé dans les services ? Avec ses capacités hors du commun, tout était possible. Et si les règlements de comptes entre les Cavaliers venaient d'ailleurs ? Ou bien sa menace avait un autre sens, de nature plus clinique. En professionnel, il me mettait en garde contre mon obsession, me voyait déraper, craignait que je ne mette par terre la nouvelle vie du virtuose et ma carrière en l'air par la même occasion…

Je n'avais aucune preuve. Rien pour le forcer à parler. En garde à vue, son avocat le ferait sortir dans la demi-heure. Dugommier m'enverrait consulter un psy pour mon compte.

Je tentai une dernière approche, qui pourrait m'être utile pour la suite.

— Imaginons que je trouve quelque chose de tangible, de plus matériel que l'enregistrement sur la clé, qui fasse un lien entre Giraldo et la victime.

— Je n'y crois pas. Mais vous pouvez toujours m'appeler quand vous voudrez, commissaire.

Il se leva de son « Croissant de Lune. » L'entretien était terminé.

Je retrouvai l'avenue de Saxe… Le soir était tombé avec discrétion. Je marchai une heure dans le quartier, croisant des joggeuses qui promenaient leurs chiens et un père de famille en duffle-coat avec ses cinq enfants en blazer. Au bout de cette promenade au hasard, je repensai aux 48 heures qui me restaient. J'avais le sentiment désagréable d'être pris dans une nasse sans issue. Je pris un taxi vers Cardinet, il ne me restait plus qu'à y passer la nuit.

9. INSECTES

Les locaux de la BSAB étaient presque déserts. Par la fenêtre, je voyais sortir les derniers wagons de la gare, tels les étrons poussifs d'une grosse bête constipée. J'étais plongé dans les archives de Joukov, comme dans une piscine boueuse. Absorbé par la piste Giraldo, j'avais laissé de côté pendant une semaine la moisson d'informations récoltées à la Celle-Les-Bordes. C'était pourtant la voie la plus logique.

Andreï n'avait rien perdu de sa formation d'agent, en passant du côté de la *Bratva*. Tout était rangé, classé, par ordre chronologique, segment d'activité, client et fournisseur. Les noms, les lieux, les montants. Les *business schools* fascinées par le redressement d'Hédiard et de Boulanger auraient pu y trouver de nouvelles astuces. Un master de racket ou un doctorat en jeux clandestins, de quoi élargir les cursus.

La liste des joueurs endettés… Il y avait ceux qui tentaient d'acheter leur liberté par d'autres trafics, comme le professeur Doullens. Et ceux qui servaient à faire un exemple : on ne les tuait pas, on les diminuait. C'était pire. A croire que Joukov, dénué de talent d'exception, voulait le détruire chez les autres. Le chirurgien aux mains écrasées, le guitariste aux doigts sectionnés… cela me revint d'un coup. Comment avais-je pu rater ça ? Ce moment où Giraldo m'avait raconté son accident, cette hésitation dans la voix… et son point commun avec Berezovsky : le jeu. A l'époque de l'enregistrement avorté du Bach et de l'article de Bonnard dans la revue *Diapason*. Le mode de classement s'était perfectionné avec le temps, les événements plus anciens étaient plus en fouillis… ça remontait aux débuts de Joukov, quand les taupes travaillaient dans l'ombre, bien avant la BSAB. L'excitation revint, je triai les documents, remontai en arrière.

Trois heures du matin. Plus aucun Transilien, la station Cardinet dormait comme un animal des savanes, ayant dévoré toute la journée sa ration de banlieusards. Même les flics les plus obstinés de la brigade étaient rentrés chez eux. J'étais seul. A force de tourner les pages des vieux carnets et de faire défiler les documents sur l'écran, je voyais des formes bizarres, comme des insectes importuns, toujours devant mes yeux lorsque je parcourais les lignes… des cellules mortes prisonnières du cristallin. Bientôt les caractères se détachèrent des feuilles, insectes eux aussi mais d'un genre différent, j'avais mal à la tête. Je faillis m'arrêter, renoncer, rentrer me coucher. Non… pas si près du but, avec le rendez-vous chez

Dugommier le surlendemain et Clouzard en embuscade.

Soudain, au milieu de la nuée de mouches et de phalènes imaginaires : le nom. Brillant comme celui d'une star dans une liste de figurants.

C.Giraldo.

A côté : des dates, des montants. Une dette impossible à rembourser. Une punition que j'imaginais…

J'avais le motif. Il me restait à découvrir comment il s'y était pris. J'envisageai un scénario. Un virtuose au cerveau exceptionnel, intact, capable de dérouler plusieurs mélodies indépendantes. Des mains fonctionnelles pour appuyer sur la détente… l'agilité de l'auriculaire était sans importance. Une nouvelle carrière, secrète, dans un milieu où il était facile de tout laisser derrière soi. Les services… Ils avaient utilisé ses capacités, pour en faire un tueur d'exception. Et un jour, peut-être à leur insu, il avait profité de ses moyens pour se venger. Ou bien avait agi à leur demande ? La DGSI et la DGSE étaient passées au nettoyage, après la chute de Vodoleiev, la mort de Blokhine, les guerres intestines. Giraldo s'était porté volontaire pour finir le travail et régler, au passage, ses propres comptes.

Il y avait juste un truc qui ne collait pas : d'après Vossel, le pianiste avait remplacé ses vrais souvenirs par des faux. Y compris, donc, son histoire avec Joukov. Ou bien… enquêtant sur le Russe pour ses employeurs, le refoulé était remonté à la surface, d'un coup. Et la méthode de Cherechevski n'était peut-être pas infaillible… il pouvait rester des images, des échos.

Je me frottai les yeux. Pas sûr de pouvoir tenir jusqu'au matin… puisque j'étais lancé, autant aller jusqu'au bout. Un triple café. Les insectes s'agitaient encore sur l'écran, je me sentais capable de poursuivre quelques heures. Les détails de l'histoire pouvaient attendre. Deux possibilités : il avait changé de nom, ou bien gardé le sien dans sa nouvelle vie. Dans les deux cas, j'avais un moyen simple de retrouver sa trace.

Je lançai la première recherche. Les changements de nom étaient répertoriés au Journal Officiel, en accès libre, mais certains détails n'y figuraient pas. Avantage de la BSAB : l'accès à tous les fichiers administratifs. Héritage des premières lois anti-terroristes, dont nous avions bénéficié par ricochet. Je trouvai deux Christophe Giraldo dont l'âge et la taille pouvait correspondre. Le premier s'était fait renommer Christian Girard, le second Jérémy Delpech. Ils habitaient à Paris. Inconnus des services de police. Un tour sur LinkedIn m'apprit que Christian Girard était professeur d'anglais. Une couverture ? Sur Facebook je trouvai sa photo en pied : bedonnant, au moins trente kilos d'écart avec le virtuose du film. Les faux profils sont faciles à faire… Un tour sur un site d'anciens élèves de son collège, avec des photos de classe, confirmait l'authenticité du surpoids, de même que le site de l'établissement. Je passai à Jérémy Delpech, fonctionnaire à l'UNESCO. La DGSE avait des agents là-bas, c'était connu. Je trouvai le film d'une intervention dans un colloque sur les cultures d'Afrique. Il montait sur l'estrade en fauteuil roulant. Déguisement ? Un tour dans les fichiers des hôpitaux… paraplégique suite à un accident de la route. Les services pouvaient manipuler les archives médicales… mais l'accident était réel, j'en trouvai la trace dans l'entrefilet d'un journal local. Si c'était un montage, ils s'étaient donnés beaucoup de mal, quel intérêt ? Le type ne ressemblait pas du tout à mon pianiste : visage bouffi, front proéminent, lèvres épaisses. Et le son de sa voix non plus. Je n'avais pas oublié le timbre du baryton, le fonctionnaire de l'UNESCO avait une voix d'alto désagréable. Une opération des cordes vocales en plus d'une chirurgie esthétique, ça commençait à faire beaucoup.

Bredouille sur la première piste, je basculai vers la seconde. S'il avait gardé son nom, il suffisait de balayer ceux qui portaient le même, d'âge comparable. Sur toute la France, j'en trouvai douze. J'en éliminai dix grâce aux réseaux sociaux. Il en restait deux, qui n'étaient nulle part. Ni sur LinkedIn, ni sur Facebook, ni sur Instagram, ni sur Google… des fanatiques, ou bien des gens qui avaient quelque chose à cacher. L'un vivait à Neuilly, l'autre à la campagne, dans un village en lisière du Perche : Les Aspres. Je notai les adresses, me levai d'un bond… j'en avais assez.

Une nuée de diptères me remplit les yeux. Je n'y voyais plus rien, ça bourdonnait de partout… manque d'irrigation du cerveau. Je respirai. Il fallait dormir. Je n'avais pas le courage d'aller plus loin, j'allai m'étendre sur le lit de secours du cagibi.

10. PLAN D'EAU

Vossel me fixait avec des yeux de hibou. Il m'avait eu, j'étais sous hypnose, transporté d'un coup dans le parc de la Celle-Les-Bordes. Le blondinet Herschel et son père Karpiner m'observaient avec une curiosité muette. Tous deux immobiles, près du sequoia géant. Entourés de cadavres. Un lapin sautillait entre les corps. Plus loin, une forme s'approchait en glissant sur l'herbe comme un patineur. L'homme tenait deux pistolets, les bras tendus vers le père et le fils... je voulus crier, les prévenir, sortir mon arme... j'étais bloqué. Eux ne bougeaient toujours pas, esquissaient un sourire. Il sauta au-dessus de leur tête comme échappant à la gravité, c'était vers moi qu'il venait, ses deux Sig Sauer pointés sur mon front, il allait tirer, je hurlai, la terre se mit à trembler...

Le visage de mon adjoint à quelques centimètres. Il me secouait, l'air concerné.

— Ça va ?

J'avais dormi trois heures. Les locaux de la BSAB bruissaient de monde. Je m'assis sur le bord du lit de camp, je ne voyais plus d'insectes mais une espèce de marteau frappait derrière ma tête.

— Apportez-moi une aspirine.

Le rendez-vous avec Dugommier était pour le lendemain dix-sept heures. L'aller-retour aux Aspres prendrait au moins cinq heures. Il fallait commencer par Neuilly. Sans donner de détails, j'embarquai mon adjoint dans l'Audi, en lui laissant le volant.

— J'ai peut-être quelque chose. Rien de certain, une possibilité. Vous me faites confiance ?

Il hocha la tête. Mon comportement en apparence erratique l'avait perturbé plus d'une fois, pour déboucher sur des réussites inattendues. Il n'était pas fidèle aveuglément, il se fiait aux statistiques.

A Neuilly, 94 avenue Charles de Gaulle : une bijouterie d'apparence anodine, entre un Pomme de Pain et une agence bancaire. Une couverture qui pouvait en valoir une autre : horaires flexibles, commerce aux résultats aléatoires, visites peu fréquentes. Il ne me fallut pas plus de dix secondes avec le gérant, pour me rendre compte que ce Christophe Giraldo n'était pas le bon. Il lui manquait un bras. Une demi-heure de perdue, parce que ce type s'était mis en tête d'organiser son invisibilité sur Internet. Une idée qui lui était venue après avoir lu *Le Cercle* de Dave Eggers et les prophéties d'un écrivain français passéiste. Au moins, il ne nous avait pas trop fait dévier, nous pouvions bifurquer à la sortie de Paris, direction l'Orne, et le dernier Christophe Giraldo répertorié plausible, habitant du village des Aspres. J'avais un espoir minime. Une simple adresse dans l'annuaire, et je ne voyais pas les services installer un agent dans ce trou perdu. A moins que l'adresse ne soit fictive, ce qui confirmerait l'intérêt du quidam. Ou que Giraldo soit à son compte. Les tueurs *freelance* pouvaient vivre où ils voulaient, ce n'était pas un travail à horaires ou lieux fixes. Certains étaient employés à l'occasion par telle ou telle branche de l'État, parfois de plusieurs gouvernements. Giraldo aurait aussi pu être embauché par Kholodov, pour terminer son OPA sur la *Bratva*.

Mon adjoint paraissait douter. J'avais laissé entendre que la piste venait de Medvedev. C'était une sorte de protection, au cas où ma construction se révélerait fumeuse. Autre chose aussi… je sentais que le chemin que j'avais pris pour arriver là était trop tortueux pour un esprit scientifique.

Les Aspres… village de 700 habitants, où Jean Gabin s'était installé dans les années 1950. Élevage de bovins et chevaux de course. Il s'était mis à dos les paysans du coin en prenant le contrôle d'une centaine d'hectares de bonne terre. Tout ça était désormais bien loin, leurs petits-enfants mettaient en avant le passage de la star pour attirer les touristes. Ils avaient du mal. Le coin sentait l'oubli : maisons à vendre qui ne trouvaient pas preneur, champs à perte de vue où s'ennuyaient les corbeaux… *Ils volent à l'envers, pour ne pas voir la misère*. dicton prononcé par un vieil homme édenté, près du haras de Bellou-Le-Trichard. Retrouver le Perche, c'était aussi remuer ces souvenirs. Pour éviter d'y plonger, je fis le récit de mon immersion dans les archives de Joukov, ce trésor dont le virtuose nous avait fait cadeau. Une manière aussi de justifier la nuit passée à la BSAB. Mon adjoint voulut savoir si j'avais repéré des hommes politiques dans la liste… concentré sur Giraldo, je n'avais pas fait attention.

Enfin, peu après Verneuil-sur-Avre et son église qui se voyait de loin, une bifurcation à gauche à Chandai, direction Crulai. Bientôt la banderole célébrant le « *T'as d'beaux yeux, tu sais…* » Nous étions aux Aspres. Deux ou trois commerces, un bar-restaurant endormi. Je trouvai l'adresse. Une maison typique du coin : en silex et briques. Un grand jardin derrière, à peu près entretenu. L'endroit me rappelait de vagues souvenirs d'enfance, la campagne avec mes parents, des heures à observer les vaches… Il n'y avait personne, les volets étaient clos. Mon adjoint, perplexe, se demandait pourquoi je l'emmenais faire du tourisme dans un endroit aussi mort.

La voisine rentrait chez elle, justement. Une vieille d'une centaine d'années, au vu des rides sur son visage, semblable aux cratères martiens. Elle marchait à pas vifs. Conservée par l'air pur, ou une bonne hygiène de vie. Seul problème : elle n'y voyait plus très bien, devait faire attention où elle mettait les pieds. Mon adjoint lui demanda poliment des nouvelles du voisin. Elle leva la tête :

— C'était un pianiste de Paris. Il venait de temps en temps, avant... La maison était à ses parents, mais ça fait longtemps qu'on ne l'a pas vu. C'est mon neveu qui s'occupe du jardin. Il l'entretient bien, n'est-ce pas ? En échange il récupère l'herbe pour le foin, et il peut utiliser le champ derrière pour les vaches.

Elle semblait quêter une approbation.

— Très bien, oui. Vous pouvez être fière de lui. Quand vous dites que ça fait longtemps… Quelques mois ? Des années ?

Elle réfléchit un instant.

— Au moins dix ans ! Il a eu un accident. On en avait parlé au village. C'était à l'époque de ces élections. Et après… on l'a revu une ou deux fois et c'est tout. Oui, au moins dix ans qu'il n'est pas venu.

— Merci, madame. On ne va pas vous déranger plus longtemps.

Elle se tourna vers moi, sans paraître me distinguer tout à fait.

— Sa voix… elle était un peu comme la vôtre.

— Une voix de baryton ?

— Baryton ! Oui, c'est ça ! Figaro… *le Barbier de Séville.* Mon mari adorait l'opéra.

Dans la voiture, face à l'interrogation muette de mon adjoint, je restai évasif. Nous n'avions pas trouvé le neveu, parti quelques jours pour une histoire de bestiaux. Je n'espérais rien de ce côté, l'arrangement entre eux ne supposait aucune interaction directe. Pas de transaction monétaire, un simple échange de bons procédés, d'autant plus simple que l'autre ne donnait pas signe de vie. En ville, sa maison aurait été squattée depuis longtemps mais là… ce n'était pas la place qui manquait, plutôt les habitants.

La seule adresse connue de Christophe Giraldo, mais il logeait ailleurs. Hébergé gracieusement par quelqu'un ? Et ses impôts ? Où les payait-il ?

Tandis que mon adjoint fixait la route sans rien dire, traversant des champs parsemés d'épis de blés dorés, de balles en rouleau, j'appelai un contact au ministère des finances. La taxe foncière de la maison des Aspres était payée par le docteur Vossel, propriétaire des murs. Avaient-ils un autre Christophe Giraldo dans leurs fichiers, hormis ceux que j'avais repérés et écartés ? Non.

De retour à Cardinet, après un voyage trop long, je laissai mon adjoint poursuivre seul. Il avait une idée : chercher le tueur virtuose dans les archives des forces spéciales, et faire une requête au FSB... avaient-ils quelqu'un d'aussi performant dans l'indépendance des mains ? Tout ça me paraissait futile. Il était seize heure trente, je ne tenais plus debout. Je rentrai chez moi faire une sieste.

Quand j'ouvris les yeux, il était huit heures du matin. Plus de quinze heures de sommeil. Ça m'arrivait parfois, quand j'avais besoin de récupérer. Je devais voir Dugommier dans l'après-midi, et je n'avais rien. Appréhension désagréable. D'abord, un café. Encore engourdi, je jetai un œil distrait sur la table de la cuisine... et ressentis une décharge glaciale. Paralysie. Là, sous mes yeux, posés sur le plateau octogonal de marbre blanc...

Les deux Sig Sauer.

Instinctivement je tournai la tête vers la porte. Personne, bien sûr. Il avait profité de mon sommeil pour passer comme un fantôme. Pourquoi me laisser ses armes ? Quel était son message ? Une idée : il avait appris ma visite aux Aspres. Je m'étais rendu sur son territoire, il me montrait qu'il pouvait faire pareil. Plutôt que de m'éliminer, il laissait ses instruments, pour me faire comprendre qu'il était temps d'arrêter... ou au contraire, pour m'encourager à poursuivre, confirmer mon intuition ? La clé USB n'avait pas été trouvée par hasard… il n'était pas négligent, c'était voulu. Dans ce cas pourquoi ces mystères ? Pourquoi ne pas me contacter en direct ? Que craignait-il ?

Je n'allais pas m'en sortir seul, ça devenait trop personnel. On ne peut pas jardiner quand les plantes ont envahi la cuisine. J'avais besoin d'aide. Mon adjoint ? Il aurait fallu lui expliquer pourquoi je l'avais tenu à l'écart. Je préférais débrouiller la situation avant de lui en parler. J'avais besoin de plus de recul, quelqu'un avec de l'expérience, mais hors du jeu. Comme un entraîneur qui voit les mouvements depuis le banc de touche.

Je décrochai mon téléphone, en espérant qu'il n'avait pas bougé. Je ne l'avais pas vu depuis deux ans.

Il avait eu le temps d'étendre sa collection… ça devenait presque étouffant, les murs en étaient pleins. Mais les peintures orientalistes avaient un côté désuet, rassurant. Après le jardin anglais du psy et ses œuvres perturbantes, je respirais mieux devant ces images de bédouins du désert, de mosquées ensoleillées, de rues désertiques rouge et ocre. Il me faisait face, avec la même concentration qu'avant. Il m'avait proposé du thé à la menthe quand j'avais décliné sa proposition de whisky. Dix heures du matin, il me restait sept heures avant Dugommier. Il ferma les yeux un instant, comme pour mieux absorber ce que je venais de lui raconter, et les rouvrit, fenêtres entrouvertes sur le bleu du ciel :

— Le cœur de ton histoire, c'est le psy. Il y a quelque chose de pas normal.

— C'est ce que je me suis dit. Il me laisse en plan. Le soi-disant « secret médical » …

— C'est le contraire. Pourquoi il t'a parlé ? Il aurait dû t'envoyer bouler.

— La coopération avec une enquête en cours. Il n'était pas si aidant…

— Secret médical, justement. Il n'avait pas à te raconter l'histoire du pianiste. Il t'en a dit beaucoup trop. Et sans raison valable… tu ne vas pas me dire qu'un vieil enregistrement prouve quoi que ce soit ?

— Bonnard a reconnu la fugue...

— Bonnard était stressé par l'interrogatoire, tu ne peux pas savoir s'il mentait ou pas. Et admettons qu'il ait cru que c'était la version de son ami. Il ne l'avait pas entendue depuis douze ans, il peut aussi bien l'avoir imaginé. Depuis le début tout est dans ta tête, avec ton obsession pour ce Giraldo. Et le psy entre dans ton jeu et te raconte son histoire au lieu de te fermer la porte. Pourquoi ? C'est ça qu'il faut comprendre.

— Le psy travaille pour les services ou pour la *Bratva* ? Il m'envoie sur une fausse piste, en utilisant mon obsession ?

Il hocha la tête… c'était plausible. Mais ça n'expliquait pas pourquoi Abel Bonnard m'avait envoyé chez lui… Bonnard le musicologue dont j'avais lu l'article dix ans plus tôt. Ça faisait beaucoup de coïncidences. A moins que les services ou les Russes ne m'aient surveillé ? Ils avaient pu le préparer avant ma visite. Il parut hésiter, me regarda avec un peu plus d'attention :

— Il y a une autre hypothèse. Mais...

Il fit passer sa main devant son visage comme pour écarter une mouche :

— Non, c'est absurde. C'est à force de t'écouter, je tombe moi aussi dans des trucs… Restons à ce qu'on sait. Le psy t'a raconté l'histoire de Giraldo, vraie ou fausse, alors qu'il n'avait aucune raison de le faire. Il faut comprendre pourquoi. Le seul moyen, c'est de le confronter.

— Retourner chez lui ?

La perspective me fit grimacer. J'étais juste en train de réaliser à quel point Vossel m'avait mis mal à l'aise. J'en étais même à me demander s'il n'avait pas réussi à m'hypnotiser sans que je m'en rende compte. Ça pouvait tout expliquer, c'était bien le problème. Si tout ce qui s'était passé depuis était imaginaire ? Même les deux pistolets dans ma cuisine… je les avais peut-être rêvés ? Étais-je vraiment allé aux Aspres ? Il m'interrompit dans ma dérive :

— Non. Pas chez lui. Donne-lui rendez-vous en plein air, comme à ton indic. Dans un lieu où il y a du monde. Assis à côté de toi sur un banc. Comme ça, pas de risque d'hypnose, et pas besoin de contorsions ou de compter les secondes. Vous vous parlez sans vous regarder. Et même s'il essaie avec la voix, s'il y a du bruit autour, ça ne marchera pas.

— Tu crois qu'il acceptera ?

— J'en suis sûr. Dis-lui pour les Aspres, et les pistolets. Soit ça va dans la direction qu'il souhaite, et il viendra pour t'encourager à aller plus loin. Soit c'est le contraire, et il voudra te voir, pour te manipuler dans l'autre sens. Il ne peut pas refuser.

En quelques minutes, il avait nettoyé l'étang où je pataugeais. On voit mieux le paysage de loin, en peinture, que lorsqu'on est perdu au milieu des herbes hautes. Il pouvait peut-être aussi m'éclairer sur un dernier mystère :

— Il y a autre chose. Giraldo… je n'ai trouvé sa trace nulle part. Il n'a pas changé de nom, il n'a pas gardé le sien non plus. A part la maison où il n'a pas mis les pieds depuis dix ans, c'est comme s'il avait disparu.

Au-dessus de lui, une femme remontait son voile avec un sourire ambigu, le bras en l'air, la tête penchée en avant, debout devant un minaret brillant sous les derniers feux du soleil. Il sourit :

— Pour ça… il y aurait une explication. Pas besoin de démarche administrative. Il aurait suffi qu'il retrouve son nom.

— Retrouvé… comment ? Il l'aurait perdu ?

— « Christophe Giraldo » … un nom d'artiste peut-être ? Pour une carrière internationale, il vaut mieux que ça sonne bien. Il ne serait pas le premier.

Lorsque je lui serrai la main en partant, il me mit la main sur l'épaule. Il semblait ému.

— Je t'avais dit… les Russes. Si tu as lu Dostoïevski… il n'y a pas plus tordu. Je ne sais pas dans quoi tu es embarqué, mais si tu as besoin d'aide, n'hésite pas.

Avec sa peau burinée autour de ses yeux bleus, il m'encourageait tel un pêcheur, avant un départ sur mer agitée. Sans réfléchir, je le serrai dans mes bras, comme un père. J'avais un drôle de pressentiment pour la suite. Son parfum épicé, cœur de muscade et fonds de cèdre, me donnait du courage. Je le saluai sans rien dire et sortis.

J'observais les bateaux, secoués par le vent. L'un d'eux gîtait d'au moins trente degrés, il n'était pas loin de chavirer... ses voiles rouge et bleu frémissaient comme les feuilles d'un chêne sous la bise. A quelques mètres, les pirates s'approchaient trop vite. Collision inévitable. Des cris. Des insultes. Des coups. Les gamins en venaient aux mains, sous les yeux du père qui tentait de les séparer. Deux frères venus jouer ensemble, et qui finissaient par se battre. Scène classique. Enfant unique, j'y avais échappé. J'attendais, assis sur un fauteuil métallique vert parmi des dizaines. A mes côtés, un fauteuil vide, pour Vossel. Le loueur de bateaux du bassin du Luxembourg était débordé : avec les vacances, il y avait des enfants partout, se disputant les voiles les plus belles. Les rires, les cris, les pleurs... assez de distractions pour priver la voix du docteur de tout pouvoir hypnotique.

Il s'assit à mes côtés, sans que je l'aie vu arriver. J'étais trop absorbé par le spectacle... je pensais au petit Herschel, au couple de metteurs en scène qui puisaient leur inspiration dans un regard d'enfant. Mes propres souvenirs me semblaient si loin. J'évoluais dans une autre dimension. Comment raconter à un gamin des histoires de doigts coupés, d'organes volés, de femmes disparues et d'œil explosif ? Comment préserver la magie, à travers l'horreur ?

Vossel me réveilla. Sa voix était lasse, fragile. Il semblait avoir vieilli. Au téléphone, je lui avais parlé du fichier de Joukov, des Aspres et des Sig Sauer. Il n'avait pas été long à convaincre. Rendez-vous pris pour midi. Son débit était plus lent, hésitant :

— On ne peut pas tout prévoir. Le cerveau humain…

— Je sais. On m'a parlé de ce mathématicien indien. Vous comprenez ce qui s'est passé ?

— Difficile… j'ai une hypothèse. Cette histoire avec le mafieux russe… Giraldo ne m'en avait pas parlé. Je croyais à son histoire d'accident. Mais si vous avez vu juste, et s'il s'est trouvé en interaction avec lui… ça a pu réveiller quelque chose.

— Il a pété les plombs. Sa nouvelle vie a volé en éclats.

— C'est plus compliqué. Je ne pense pas qu'il ait recouvré d'un coup ses souvenirs, même à cause d'un traumatisme. Ça ne marche pas comme ça. Et si c'était le cas… il n'aurait pas réagi de manière aussi extrême, à cause d'un événement vieux de dix ans. Je pense plutôt à une forme de scission interne. L'ancien Giraldo serait remonté à la surface, aurait pris le contrôle. Pour lui, les événements d'il y a dix ans se sont produits hier. C'est logique qu'il se venge, en utilisant les moyens du nouveau Giraldo. Celui-ci ne s'est peut-être rendu compte de rien.

— Vous pourrez utiliser cette défense de psychiatre quand je l'aurai attrapé. Plaider l'irresponsabilité. Mais d'abord il faut que je le trouve. Avant qu'il me tue dans mon sommeil, comme il a failli le faire cette nuit.

Il secoua la tête, se tourna vers moi, ne répondit pas tout de suite. J'insistai :

— Je crois que vous étiez déjà au courant. Vous m'avez raconté sa vie, malgré votre « secret médical. » Vous aviez envie que je le retrouve, avant qu'il n'aille trop loin. Mais vous n'osiez pas aller jusqu'au bout. Et cette maison aux Aspres, dont vous êtes le propriétaire...

Il m'interrompit :

— La maison... il a voulu que je la garde, pour lui. Les souvenirs d'enfance, les traces de ses parents. Il ne pouvait plus y aller, ça aurait remué trop de choses. Mais au cas où, si un jour il devenait assez fort pour récupérer son ancienne mémoire en plus de la nouvelle... il aurait pu y retourner.

Il s'arrêta, prit une inspiration et poursuivit comme s'il voulait en finir au plus vite :

— J'ai essayé de vous... C'est difficile, vraiment. Et j'ai du mal à anticiper votre réaction. Je ne pouvais pas tout vous dire, la première fois. Au fond c'est mieux qu'on se parle ici.

Une fille de six ou sept ans, qui tentait d'échapper à un garçon d'une tête de moins, nous aspergea de poussière en passant. Essuyant son costume d'un revers de main, il reprit :

— Voilà... vous m'avez parlé de secret médical. Écoutez-moi bien. Quand je vous ai raconté l'histoire de Giraldo, à aucun moment, je dis bien à aucun moment, je n'ai rompu le secret médical. J'avais le droit de vous raconter son histoire. Vous comprenez ce que j'essaie de vous dire ?

Il articulait, avec précaution, comme un médecin annonçant la mauvaise nouvelle à son patient. Je ne voyais pas où il voulait en venir.

Il fit alors un mouvement auquel je ne m'attendais pas. Il posa sa main sur la mienne. Ou plutôt : son doigt. Il désignait ma main. Je regardai.

Les cicatrices. Comme des toiles d'araignées.

Je me mis à trembler... une idée folle... un ébranlement... le paysage se brouillait... Les enfants autour du bassin, comme un film un peu flou, une image à faible résolution agrandie. La gravité n'était plus la même, ma chaise tanguait, la houle autour de moi... comme une envie de vomir. Je tentai de me ressaisir, d'articuler des mots :

— Je... je sais qui je suis, bredouillai-je.

Le pari stupide en Thaïlande, l'opération pour enlever les tatouages à Paris... Je l'avais racontée à Nadya, ça n'avait rien à voir avec l'histoire du pianiste. Une pure coïncidence. Je contemplai mes mains, essayant de me souvenir des détails de la séance de tatouage. Mais plus j'y pensais, plus les détails s'estompaient. Le souvenir ressemblait à un rêve opaque, comme une espèce de filtre posé sur autre image, hors d'atteinte. J'essayai de la saisir, je me concentrai. L'écran revint, rideau devant une fenêtre interdite.

Vossel me répondit, avec une voix plus douce :

— Oui. Vous savez qui vous êtes. Ça prouve que nous avons bien travaillé, tous les deux. Mais je ne pouvais pas tout prévoir. Vous ne m'aviez jamais parlé de cette histoire avec les Russes. Si vous l'aviez fait... je vous aurais conseillé une autre voie, qui ne risquait pas de vous mettre un jour face à eux.

— Vous essayez de me faire croire... c'est impossible. Giraldo... je l'ai rencontré, gare Montparnasse...

Il se tourna vers moi, en hochant la tête.

Ses mots. Je compris d'un coup.

Le jour de la transition, Giraldo a... pris congé de son passé, par une dernière séance d'hypnose prolongée.

La scène de la gare et du café, irréelle, comme sortie d'une nouvelle de Stefan Zweig… Nadya qui avait vu mes yeux de pianiste… Bonnard frappé de stupeur quand il m'avait ouvert… la vieille des Aspres qui avait reconnu ma voix… mes souvenirs d'enfance trop vagues, l'espèce de familiarité face à cette maison… mes longues siestes dans la journée depuis l'enquête sur Joukov… les Sig Sauer apparus par miracle dans ma cuisine…

Un liquide glacial dans ma colonne vertébrale, de bas en haut, puis dans les membres, jusqu'aux extrémités… et tout autour du visage, dans mes yeux, mes narines, comme une submersion… j'étais en train de me noyer en plein air.

Je tentai une remontée à la surface. Je secouai la tête, respirai d'un coup, me cramponnant à une certitude :

— Je n'ai jamais joué du piano de ma vie.

— C'était le but de la thérapie. Ça a tellement bien marché, que vous n'êtes pas encore convaincu. Vous pensez peut-être que j'essaie de vous manipuler, que je travaille pour vos ennemis. Votre rencontre avec Giraldo… il y avait une fille qui jouait du piano, la quatrième fugue de Bach ? Il a laissé ses gants sur la table en partant? Cette scène, nous l'avons élaborée. C'était la transition. Je pourrais vous en donner le verbatim exact.

Je n'avais plus rien à répondre. Ma résistance s'épuisait, j'étais vidé, comme un noyé qui renonce. Je me tournai vers lui, les mots sortant avec peine de ma gorge serrée :

— Admettons que ce soit vrai... Qu'est-ce que ça veut dire ? L'ancien Giraldo peut revenir quand il veut ? Il faut m'enfermer ?

L'image du film avec Jack Nicholson me revint. Les électrochocs, la lobotomie... tout sauf ça. Plutôt avouer les meurtres et finir en prison. Ou mieux : partir très loin... Nouvelle-Zélande ou Afrique du Sud, comme promis à Nadya ?

Il secoua la tête :

— Je ne sais pas. C'est peut-être fini. Il a réglé ses comptes, rendu les pistolets. Il peut ne jamais réapparaître. Comme je vous l'ai dit, ce traitement était une première. Il n'y a pas de précédent. Ce qu'il a fait... je suppose qu'il a combiné vos talents de tireur avec ses facultés harmoniques. Il n'a aucune raison de continuer.

Il mit la main dans sa veste, en sortit une enveloppe :

— C'est pour vous. Le traitement est réversible. Je veux dire... c'est un texte de quelques lignes. Si vous le lisez à haute voix, en vous concentrant sur chaque mot, les faux souvenirs laisseront la place aux vrais. Une technique classique pour mettre fin à un état d'hypnose. Vous pourrez tout vous rappeler. Ce qui s'est passé avant, et depuis. Combinaison des deux personnalités... le pianiste et le policier.

— Vous ne m'aviez pas parlé de ça.

— C'était prévu depuis le début. Notre idée, c'est qu'après avoir reconstruit une vie solide, vous seriez capable de supporter votre talent perdu sans avoir envie de mourir. J'étais censé vous transmettre cette enveloppe plus tard, si tout allait bien. Vous m'aviez fait confiance pour en décider. Je ne pensais pas l'utiliser. Mais puisque j'ai été obligé de tout vous dire, et avec l'ancien Giraldo ressuscité... je pense qu'il faut vous donner le choix.

Il me laissa l'enveloppe dans les mains, et se leva. Il me tournait le dos, regardait deux fillettes au bord du bassin, qui tentaient de repousser avec leurs bâtons leurs esquifs, près de s'échouer au bord.

— J'espérais que vous alliez fonder une famille. La carrière de policier, c'était votre idée. Un but clair, une vie dans l'action... mais difficile à concilier avec le reste. Votre penchant pour la solitude. Comme je vous l'ai dit, votre personnalité n'a pas changé. Seulement votre chemin.

La solitude... j'avais cru y échapper, avec Nadya. Élancement au cœur. Une perte après l'autre. Je tournais l'enveloppe sans savoir qu'en faire. Giraldo venait de bousiller ma vie. Je n'avais pas envie de le sortir de l'oubli, plutôt de l'y replonger à jamais. Je la glissai dans ma poche, me levai à mon tour :

— Si tout ça est vrai, je suis coupable de dix-neuf meurtres. Vingt peut-être. On n'a jamais retrouvé l'assassin de Blokhine, et les seuls à porter des armes au palais Brongniart étaient les flics. Ce jour-là, je dormais à la maison... je crois.

Il me serra le bras avec douceur :

— C'est vous le policier. Plus que ça... le virtuose. Vous trouverez une solution. Vous n'avez rien fait de mal. Au contraire, vous avez mené l'enquête jusqu'au bout. Un travail remarquable, pour autant que je puisse en juger.

Il s'apprêtait à partir, s'arrêta soudain, me mit dans la main un trousseau de clés :

— J'oubliais… la maison des Aspres. Rien ne s'oppose à ce que vous y retourniez, maintenant. Ça pourrait même vous faire du bien. Bonne chance, commissaire.

Je le laissai s'éloigner vers la sortie rue Soufflot, à travers les enfants qui couraient autour du bassin. Tel un personnage d'un film de Pierre Etaix ou Jacques Tati. Je ne pensais pas le revoir. Par miracle, mes jambes me portaient toujours, je ne m'étais pas écroulé sur place. Un effort… je fis un pas, puis un autre, évitai le mat d'un bateau arborant le drapeau russe, qui volait dans les bras d'un garçon, et pris la sortie de l'autre côté, rue Guynemer.

J'avais encore un doute, auquel je m'agrippais. Le type était si fort, il avait pu me mettre dans la tête cette histoire de fou. Il y avait un moyen de vérifier. J'entrai dans un café au hasard, commandai un whisky Johnnie Walker Blue Label. Ils n'en avaient pas, je me contentai du Black. Sur mon portable, je cherchai le numéro. Il n'était pas difficile à trouver. Groupe Universal Music. J'appelai. Il me fallut cinq minutes pour obtenir le responsable, cinq minutes de plus pour le convaincre. J'attendis. Un quart d'heure plus tard, il me rappelait. Il avait retrouvé le contrat de la Deutsche Grammophon, signé par Christophe Giraldo. Il mentionnait le nom de naissance de l'artiste. Son vrai nom… le mien.

J'avais résolu l'affaire, avec quatre heures d'avance. J'aurais pu en être fier… je vivais en plein jour la tempête sous un crâne.

Je pouvais dire toute la vérité, apporter les pistolets en guise de preuve, faire témoigner Vossel… en espérant quoi ? Un avenir de cobaye pour des médecins, imagerie cérébrale ou dissection du cerveau ?

Ou bien fuir, très loin. Pour devenir quoi ? Si je partais dans la journée, c'était sans rien. Avec, peut-être, la police et ce qui restait de la *Bratva* sur mes talons.

J'étais perdu. Pas question d'appeler mon mentor, malgré son offre de service. Il avait peut-être deviné, mais je ne voulais pas le mouiller. Mon adjoint non plus. J'étais seul.

Je réfléchis deux heures, dans ce café où passaient des étudiants, des familles bourgeoises, et quelques touristes. Ils devaient se demander à quoi je pensais, devant mon verre de whisky bu au ralenti. A quinze heures, j'avais pris ma décision. Je sortis, hélai un taxi.

Dix-sept heure quinze, dans le bureau de Dugommier. Je venais de finir mon histoire. Il me regardait sans rien dire, perplexe. Il ôta ses lunettes, se pinça le nez en fermant les yeux, les remit, s'approcha un peu plus près, renifla :

— Vous avez bu ?

Le whisky Black Label sans eau...

— Un verre seulement.

Il fit un bref mouvement de la main, comme pour écarter un moustique. Se pencha sur ses notes.

— Que voulez-vous que je fasse de ça ?

Je n'avais rien à répondre. Il reprit :

— Bon, je résume votre théorie. Vladimir Kholodov aurait commandité le meurtre de Joukov. Le champion de tirs à deux mains est un ancien *spetsnaz*... Il craint d'être éliminé, serait prêt à se rendre. C'est votre indic qui vous a mis en relation. Vous devez le retrouver ce soir, seul. Il ne veut parler qu'à vous.

Je hochai la tête. Il reprit :

— Vous pensez qu'on peut coincer Kholodov avec ça ? Un témoignage sans preuve, d'un type qui peut très bien travailler pour une bande rivale ?

— On aura une preuve. Il est prêt à remettre les Sig Sauer.

Il secoua la tête.

— Je vous avais prévenu... Vous avez eu près de quinze jours, et vous m'amenez des bobards d'indic. Clouzard reprend l'affaire demain. Vous pourrez l'assister en tant que de besoin, mais c'est lui qui est en charge. Merci.

Un signe de tête, je sortis du bureau.

J'avais espéré gagner un ou deux jours. J'avais jusqu'à minuit. C'était encore jouable, il fallait juste aller vite. Je passai voir mon adjoint :

— Dugommier transfère le dossier à Clouzard. Je vous laisse organiser la transition. Les archives de Joukov, l'analyse balistique, la cryptographie, *etcetera*... Pas la peine de lui faire perdre du temps avec le déplacement d'hier, concentrez-vous sur les éléments tangibles. Vos recherches sur les antécédents du FSB en particulier. J'ai l'impression que c'est prometteur.

Il avait l'air navré. Je fis de mon mieux pour le rassurer :

— Vous n'y êtes pour rien, c'est moi le responsable. On a perdu du temps avec ces comparaisons absurdes pour retrouver l'interprète. C'est vous qui aviez raison. Je sors, je préfère éviter le sourire de Clouzard.

Et jusqu'à demain je suis toujours en charge, je vais revoir Medvedev. Il nous a baladés pour rien, il a peut-être une info valable. *It's not over until I say it's over...*

La référence semblait lui échapper... c'était sans importance.

Dehors, j'appelai Medvedev. Il n'avait aucune envie de me parler. Je le persuadai, comme d'habitude. Rendez-vous au Champ de Mars, à dix-huit heures trente.

11. ADIEUX

Cette fois, j'achetai une bouteille de champagne Mumm à un Sri-lankais, en guise d'accessoire, face à la Tour Eiffel. Je devais bien ça à mon indic. Avec la nouvelle que j'allais lui annoncer… Assis à mes côtés sur le banc, il accusa le coup. Aussi blanc que Giraldo à la Gare Montparnasse. Sauf que la scène de la gare était imaginaire, celle-ci était réelle.

Je lui avais fait trois demandes, non négociables. S'il refusait, les enregistrements de nos échanges seraient publiés sur Internet. Forums russes, Youtube, Dailymotion, Agoravox… partout. Je ne faisais plus dans le détail. Cette diffusion, c'était son arrêt de mort, je pouvais aussi bien lui faire éclater la cervelle d'un coup de piolet. Sauf que ses camarades seraient moins cléments, ils feraient durer le plaisir. Ils ne plaisantaient pas avec les traîtres. Bref, il n'avait pas le choix.

La première demande : un endroit où je pourrais trouver, le soir même, un groupe de *spetsnaz* liés à Kholodov. N'importe lesquels. Ils avaient des boites de nuit, des cercles de jeu… Medvedev en connaissait un paquet, ce n'était pas difficile. Je voulais seulement être certain qu'il y aurait du monde.

La seconde demande lui arracha des larmes… elle mettait sa tête en jeu. Je voulais l'adresse où Kholodov passerait la nuit. J'étais sûr qu'il pouvait l'obtenir. Depuis le temps, il avait progressé dans l'organisation, devait connaître des gens bien placés qui en connaissaient d'autres… peut-être avait-il lui-même accès à l'information, en direct.

— Personne ne saura que ça vient de toi. Et de toute façon, tu seras à l'abri.

C'était ma troisième demande. Il devait prendre un avion pour l'étranger le soir même, après m'avoir laissé son téléphone portable. Je lui remettrais une enveloppe. La dernière, puisée dans la réserve pour les indics, pour qu'il s'en sorte à l'atterrissage. Pas sûr qu'il en ait besoin, il avait eu le temps de faire des économies. Je voulais finir proprement.

— Va où tu veux… offrir tes services à Vodoleiev en Iran, refaire ta vie en Australie, en Nouvelle-Zélande, au Zimbabwe… Ne remets plus jamais les pieds ici. Ta vie ne serait pas garantie.

Il ne comprenait pas… m'avait si bien servi, avait toujours fait ce que je lui demandais… pourquoi ce revirement, cet acharnement contre lui ?

— Ce n'est pas contre toi. Au contraire, je te laisse une porte de sortie. Une faiblesse de ma part…

Devant nous, deux Israéliens s'embrassaient, une perche de *selfie* à la main, la Tour Eiffel en arrière-plan. Une famille d'Indiens ou de Pakistanais prenait l'apéritif, assis sur la pelouse, célébrant la Ville Lumière. A quelques mètres, dans une autre galaxie.

— Tu ne vas pas me croire, mais à cet instant, tu es peut-être mon seul ami. Le seul à qui je puisse parler... jusqu'à un certain point.

Il me regarda sans comprendre. Les yeux rouges, et la morve au nez, coulant sur son visage grêlé. Je lui tendis un mouchoir.

Il essaya de plaider sa cause : il pouvait encore m'être utile. Si je voulais arrêter Kholodov, il me fallait des preuves, il m'aiderait à en trouver. N'avait-il pas démontré ses ressources, en me dénichant l'adresse de Joukov à la Celle-les-Bordes, un jour où j'étais venu au rendez-vous comme un somnambule qu'il avait peine à reconnaître ? Ne m'avait-il pas fourni les Sig Sauer aux numéros effacés, sans poser de question ?

Giraldo... le salaud avait utilisé mon indic, dans mon dos. Les dernières pièces du puzzle. Je le regardai d'un œil différent, il devenait un témoin gênant. Fallait-il le pousser sous un métro ?

Je n'étais pas un assassin. Le fantôme dans ma tête, oui, mais moi non. J'étais flic. Pour au moins vingt-quatre heures encore. Medvedev s'en irait très loin, et si jamais il lui venait un jour l'idée de revenir, l'affaire serait déjà enterrée... mais il ne prendrait pas le risque. Avait-il compris son rôle dans l'histoire ?... Sans doute pas. S'il cherchait à rester, c'est qu'il pressentait la chute prochaine de Kholodov, avec à la clef une réorganisation qui lui permettrait de gravir quelques échelons. La volonté de puissance, toujours, à tous les niveaux.

— Nous perdons du temps. Les adresses, tout de suite. Puis l'aéroport.

Je le considérai à nouveau. Un doute. Je regardai ma montre. J'avais changé d'avis :

— Je vais t'accompagner à Orly. Je ne veux pas que tu rates ton avion. J'ai le temps. Pendant le trajet, tu te débrouilleras pour trouver les infos.

— Mais… mes bagages ?

— Tu achèteras des vêtements en arrivant, il y a largement assez pour ça dans l'enveloppe. Et si tu as été prévoyant, tu en as mis de côté sur un compte *offshore*.

— J'ai une valise de billets…

— Dis-moi où, j'irai la chercher et je t'enverrai ça par la poste.

Ça ne le fit pas rire. Tant pis. Dans l'Audi, à la place du mort, il passa trois coups de fil. Je lui avais demandé de mettre le haut-parleur, pour vérifier, et de parler anglais en prétextant qu'il ne voulait pas se faire repérer, qu'il y avait du monde autour. Il savait baratiner… obtint l'information sur Kholodov, avec un prétexte crédible. Sans portable, une fois embarqué dans l'avion, il ne pourrait prévenir personne. Et lorsqu'il débarquerait, ce serait trop tard.

Je l'accompagnai jusqu'au guichet. Premier vol disponible : Harare, capitale du Zimbabwe. Un pays en déroute, où ses talents pourraient trouver à s'employer. A moins qu'il en reparte aussi sec… ce n'était plus mon problème. Je pris un billet moi aussi, pour accéder aux portes d'embarquement, m'assurer qu'il monterait dans l'avion. Ceinture et bretelles. Porte 43. Je lui offris un café Macchiato au Starbucks, en guise d'adieu. Il me jeta un dernier regard de chien battu avant de passer la guérite et de s'engouffrer dans la passerelle, cordon ombilical métallique entre l'avion et le terminal. *Last call…* mon nom dans le haut-parleur, je ne bougeai pas. Une tentation fugace de partir avec lui, tout laisser derrière. Mais j'avais encore à faire, et la destination ne me tentait pas. Je regardai l'avion décoller dans la nuit. Vingt-deux heures.

Je retournai au parking, montai dans l'Audi. J'avais le temps de rejoindre mon rendez-vous nocturne. Une heure de route… Un temps orageux, lourd, qui se retenait comme un vieux constipé. Chaleur désagréable. Enfin arrivé, je garai la voiture avec soin. Ce n'était pas le moment de provoquer un incident. Je sortis. Devant moi : les néons, comme prévu. Et une surprise, qui m'arrêta net.

12. FEUILLUS

Elle était là, sous l'éclairage tremblant des néons rouge et vert.

Quelques mois plus tôt... au cœur d'une enquête sur Vladimir Kholodov, une prisonnière de ses maisons clandestines s'était échappée par miracle. Nous l'avions récupérée au commissariat local. Au début j'avais des doutes : son histoire d'évasion était trop belle, nous avions déjà eu affaire à des manipulations tordues. Une soi-disant victime nous emmenait sur une fausse piste, ou pire... Un groupe de collègues avait suivi une demoiselle en détresse jusqu'à une maison isolée. La fille avait simulé une crise de panique à l'approche des lieux, était restée en arrière pendant que l'équipe forçait l'entrée. La maison était piégée, bourrée d'explosifs. Après le blast, quand les survivants s'étaient relevés, sonnés, hagards, sanglants, désorientés, avec sous leurs yeux des mains, des pieds, des organes en morceaux, la fille avait disparu. On ne l'avait jamais revue... probablement exécutée par ses commanditaires.

Celle qui avait fui le boxon de Kholodov m'avait pourtant convaincu. Dans ses yeux je ne voyais pas seulement la peur, les horreurs subies, les pleurs rentrés... il y avait de la haine, du genre de celle qui brûle les yeux fermés. Une émotion impossible à feindre, et qu'elle cherchait à maîtriser pour témoigner. Si nous avions pu mettre ses tortionnaires à sa merci, elle les aurait démembrés, et ça n'aurait pas suffi. Elle m'avait mis en confiance, j'avais noté le lieu qu'elle nous indiquait. Là, dans cette maison désertée, j'avais trouvé le film. J'en étais sorti dans un tel état que j'avais écrit un texte. Exorcisme. Je l'avais conservé, je le relisais parfois en écarquillant les yeux.

Les cris avaient duré toute la nuit. Hurlements, craquements, plaintes assourdies, supplications... déferlements suraigus... et pour finir un dernier râle impossible. Les seuls témoins étaient muets. Tendus vers le ciel, imperméables à la terreur, sourds à la douleur. Pendant que les types s'acharnaient sur la fille, eux rêvaient en silence. Si loin de nous et si proches. Les tortionnaires avaient tout filmé, pour les autres plus tard. Il fallait qu'elles voient la punition des fuyardes, pour leur couper l'envie. Celles qui détourneraient le regard ou se boucheraient les oreilles se prendraient des gifles ou des coups de pieds.

J'ai subi le film jusqu'au bout. J'espérais repérer un détail, mais je n'ai senti qu'une bourbe épaisse transfusée dans mes veines. J'avais honte d'appartenir à la même espèce. Si je les avais eus sous la main, je les aurais brûlés vifs avec sérénité.

Je suis sorti retrouver les témoins silencieux. Leurs feuilles bruissaient dans le vent, leurs racines étaient fermes. La Terre était à eux. Nous étions de trop.

Jeter ça sur une page m'avait permis de reprendre pied. Mais je n'avais pas tout dit. Blocage dans la gorge, dans la main... Ne pas l'écrire préservait une chance très mince : que mes yeux aient menti, que je me sois trompé. La fille du film, je l'avais reconnue. Nadya.

Les tortionnaires étaient masqués. Mais sur l'un d'entre eux, le laboratoire avait révélé un tatouage à la jointure d'une main et d'un poignet, qu'une manche de chemise dévoilait brièvement. Une petite maison sur une colline, à la cheminée fumante. Ça nous changeait des aigles, des motos, des caractères cyrilliques et des personnages hideux. Je ne l'avais pas oubliée. J'avais cherché cette cheminée partout, pendant des semaines. Dans un bar indiqué par Medvedev, j'avais brisé un par un les cinq doigts de la main d'un type qui avait peut-être une information. J'avais été suspendu quinze jours et déchargé de l'enquête. Visites obligatoires chez le psy de la brigade, interdiction de m'occuper de Kholodov... Il avait fallu passer à autre chose, tout enfermer dans un coin et jeter la clé.

Et là... sous les néons de la boîte de nuit, à quelques centimètres d'une cigarette allumée, comme au bout d'un sentier fait de doigts tendus, je revoyais la petite maison à la cheminée fumante. Une main, un bras, un corps. Je considérai l'homme. Athlétique, à peu près ma taille. Il profitait du moment.

Je sentis une sorte de frisson doux, comme à un rendez-vous d'amour. Quelque chose de plus noir remontait aussi du fond de mon ventre, là où je n'avais pas envie d'aller. Je respirai profondément et retournai m'asseoir au volant de l'Audi garée à quelques pas, d'où je pouvais surveiller l'entrée. Il y avait le risque qu'il s'en aille accompagné, avec d'autres types ou avec des filles…

Il jeta sa cigarette en arc de cercle, minuscule feu d'artifice sous le noir du ciel, et rentra. Je patientai deux heures, le temps qu'il vide quelques verres, tire peut-être une ligne de coke ou tringle une fille dans les toilettes. Je ne cherchais pas à imaginer, j'avais tout mon temps. A intervalles irréguliers, des groupes s'écoulaient sous les néons. Certains clamaient en russe des chants militaires, croassant, pleins de fausses notes. Des filles aussi, le maquillage délavé, les cheveux en désordre, dont l'une se mit à rire bêtement sans raison puis à sangloter de manière hystérique. Pendant cinq minutes, plus rien. Enfin il sortit. Seul, un peu ivre. Il fit quelques pas en titubant, s'accrocha au mur, reprit son équilibre et partit vers le fond du parking. Je sortis doucement en première, comme une carte d'un jeu. J'avançai dans sa direction au même rythme, puis accélérai au dernier moment pour le coincer d'un coup sec, tel un piège à rat, entre le pare-chocs avant de l'Audi et celui de la BMW qu'il s'apprêtait à rejoindre. Il poussa un grognement étouffé, vagissement avorté, battit des bras. Je mis la marche arrière et reculai brusquement d'un mètre, il s'écroula par terre. Je calai le frein à main, ouvris la porte, sortis, lui mis un coup de pied dans la tête qui l'envoya au sol. Je me retournai : toujours personne, les néons pensaient à autre chose. J'ouvris la porte arrière, le chargeai sur l'épaule et le jetai sur la banquette. Un dernier effort : les mains attachées dans le dos, menottes Colson en plastique. Au volant, calme, concentré, je fis pivoter l'Audi et pris la route vers la destination prévue.

Nous roulions à quatre-vingt-dix sur la N12. La nuit me protégeait. De rares disques blancs passaient en sens inverse, m'éblouissant comme les projecteurs mal réglés d'un théâtre. De mon côté de la route, personne. Je pris la sortie numéro 5, ralentis, puis deux routes de traverse. Sur la banquette arrière, l'homme au tatouage grognait. Il n'était pas réveillé, émergeait vaguement. Se demandait s'il rêvait encore, essayait de secouer le cauchemar où il était englué. L'écrasement entre les deux voitures avait dû lui casser quelque chose. Peut-être un bout du bassin, le bas de la colonne, le coccyx... j'y pensais à peine. J'étais focalisé sur la suite. Un crissement de pneus sur le basalte, passage en seconde, frein : nous étions arrivés.

L'odeur... elle me reste aujourd'hui encore dans les narines. Ce mélange de pisse, de merde et d'essence. Chacune cherchant à couvrir l'autre. L'essence était plus forte mais ne suffisait pas à effacer le reste.

Je l'avais sorti de la voiture et jeté au milieu du terrain vague. Pas un vivant à la ronde. Ou plutôt si, quelques-uns, les seuls qui convenaient à cet instant : des feuillus. Toujours aussi calmes et rêveurs, leurs branches à peine agitées par les bourrasques, souverainement indifférents. Au sol, de la poussière.

Enfin réveillé, il ne comprenait toujours pas. Embrumé. La tête rasée, un filet de sang sur le front, les yeux enfoncés dans les orbites, la bouche mince et la peau terne dans la lumière des phares. Il secoua la tête, à genoux, ne parvint pas à se mettre debout. Il finit par lever les yeux à demi fermés vers moi, me cria quelque chose en russe. Il me prenait peut-être pour quelqu'un d'autre. Je ne répondis rien, ouvris le coffre et sortis le jerrican. Je l'aspergeai à distance, évitant d'en mettre sur mes vêtements, tâchant de ne pas respirer. Bientôt les vapeurs m'envahirent, je reculai, tentai de repérer le sens du vent pour échapper à l'odeur. Trop tard, j'en étais rempli.

Il se mit à hurler. A pleurer. A supplier. A crier en russe, en anglais, tentant même des bribes de français qu'il maîtrisait très mal. Il s'était souillé en un instant, lorsque l'essence avait ruisselé de son crâne jusqu'à ses genoux. Misérable loque. Il eut l'air de comprendre enfin, se mit à marmonner quelque chose, comme une prière incohérente. Puis *Mama, Mama*... Une femme avait mis au monde cette saloperie... toute l'espèce était vérolée. Je sentais à nouveau le gouffre de l'an passé, il fallait en finir. Je sortis le briquet, rouge foncé en plastique.

Ébloui par les phares, il ne devait pas distinguer grand-chose, mais il entendit le brûleur ou perçut la flammèche. Il se mit à vomir. Je fis un pas en arrière pour préserver mes chaussures, par réflexe. La cérémonie n'était plus sinistre, elle devenait grotesque, informe. Aucune réparation, ni purification. J'aurais voulu être ailleurs. J'éteignis le briquet, allai respirer du côté des arbres. Puis je revins vers lui.

— *You can go*, lui dis-je sans le regarder.

Il n'avait pas l'air de comprendre.

— *Vy mozhete poyti*.

Dans sa langue maternelle, comme à un vieillard sénile qui a oublié ce qu'il a appris. Les mots parurent pénétrer son cerveau.

— *Spasibo*, cria-t-il en un hoquet. *Spasibo* ! *Thank you*...

Il tenta à nouveau de se lever, hurla, retomba. Les mains attachées, les os sans doute brisés derrière... impossible. Il tenta d'avancer sur ses genoux, comme un infirme.

Toujours à trois mètres de lui, je sortis le Sig Sauer et lui mis une balle dans la tête. Je rallumai le briquet et le lançai sur le corps sans vie. La flambée prit instantanément.

J'attendis un quart d'heure, assis sur une racine proéminente. Puis je composai le numéro de Clouzard.

Je l'avais réveillé à deux heures du matin... ou interrompu au milieu d'un coït ? Au téléphone, il m'avait paru essoufflé, mécontent. Coordonnées GPS transmises par texto. Plus simple que lui décrire le parcours, les virages, le terrain vague. Il arriva en trombe dans sa Citroën C4 Picasso, un coup de frein brutal au bord de mon Audi. Il sortit d'un bond, regarda autour, aperçut le corps calciné.

— Qu'est-ce que c'est que ce bordel ?

Je haussai les épaules :

— Suicide. Le type s'est aspergé d'essence, s'est tiré une balle dans la tête et a mis le feu. Pour plus de sûreté il s'est attaché derrière, avec des menottes.

Clouzard n'avait pas le sens de l'humour. Il s'approcha, allait m'attraper par le col mais quelque chose dans mon regard l'arrêta au dernier moment. Il ferma les yeux, appuya les doigts dessus, les rouvrit :

— Vas-y, raconte.

— C'est l'assassin de Joukov, un *spetsnaz* de l'équipe Kholodov. J'avais prévenu Dugommier. Contacté via mon indic, il devait témoigner. On avait rendez-vous ici, à minuit.

— Tu n'es plus en charge de l'enquête.

— Jusqu'à minuit, je l'étais... ou jusqu'au matin. Au dernier moment le type m'a prévenu qu'il arriverait plus tard, vers une heure. Je n'avais pas le temps de te faire venir, et de toute façon... ses conditions, c'était de me parler seul à seul. Il avait confiance en moi, à cause de mon indic. Medvedev...

— Ça n'explique pas...

Il désigna la masse noircie.

— Il s'est fait griller, ils ont su pour le rendez-vous. Une imprudence de sa part, je ne sais pas comment. Ils l'ont amené ici, lui ont fait subir ce qu'ils font aux traîtres. Brûlé vif. Quoique... l'un d'entre eux a peut-être eu pitié, ou n'a pas supporté les hurlements. Ils l'ont achevé avec son pistolet, le Sig Sauer qui a servi à tuer Joukov. C'est la preuve qu'il m'apportait, pour coincer Kholodov.

Je lui montrai l'arme, au sol à côté du cadavre.

— Ils ont laissé la preuve sur place ? Ça ne tient pas debout...

— Au contraire... c'est un message qu'ils nous envoient. Comme de l'avoir amené ici pour le brûler, plutôt que l'éliminer ailleurs. Ils nous montrent qu'ils font ce qu'ils veulent, qu'on ne peut rien contre eux.

Le pistolet ne suffit pas à impliquer Kholodov, il s'en fiche. Rien ne le relie à l'arme, ni à ce corps brûlé.

— Dans ce cas, on n'a rien. A part un cadavre de plus...

Il me regardait d'un drôle d'air. Avait-il tout gobé ? Ce n'était pas un garçon brillant, mais mon histoire était branlante. Il ne fallait pas perdre de temps, j'enchaînai :

— Tu oublies Medvedev, mon indic. Il peut témoigner. Le type lui a tout raconté, les meurtres... des détails que nous sommes les seuls à connaître, et l'ordre donné par Kholodov. Le témoignage de Medvedev, plus le mien...

— Le tien ?

— Le type m'a parlé au téléphone, avec des éléments tangibles. C'est ce que j'ai essayé d'expliquer à Dugommier, avant qu'il me sorte de l'affaire.

Clouzard réfléchissait... se demandait quel profit il pouvait en tirer. Il y avait la possibilité de m'enfoncer, me sortir du jeu, mais aussi une chance d'apparaître comme celui qui avait résolu l'affaire Joukov, et faire tomber le dernier Cavalier par la même occasion. De quoi postuler à la succession de Dugommier, que les succès de la BSAB pouvaient propulser à la tête de la PJ. Il me fit un signe de tête :

— Qu'est-ce que tu proposes ?

— Arrêter Kholodov ce matin. Medvedev m'a donné sa planque. Il ne faut pas tarder, il en change toutes les nuits...

— Il faut un mandat pour ça.

— Mon témoignage devrait suffire, pour un mandat d'arrêt. Une fois Kholodov chez nous,

Medvedev sortira du bois. Il se cache... il n'a pas envie de finir comme son camarade.

Ça tenait la route, avec un juge compréhensif. Et celui de l'affaire Joukov n'était pas difficile. Il reprit, après trente secondes de réflexion :

— OK. Je dois parler à ce Medvedev. Donne-moi son numéro.

On ne partageait pas les indics. Sa demande était une provocation.

— Hors de question.

— Ce n'est plus seulement ton indic. C'est le témoin clé dans l'enquête dont j'ai la charge.

Je fis mine de réfléchir :

— Tu as raison... réflexe idiot de ma part. Mais pour un premier contact, il ne parlera pas à quelqu'un qu'il ne connaît pas. Appelons-le ensemble.

Je sortis mon portable, laissai sonner, lui fit entendre la messagerie :

— Portable éteint. Il s'en est peut-être débarrassé, pour ne pas se faire repérer. Ils ont des moyens... Il prendra l'initiative de nous contacter, après l'arrestation de Kholodov. Jusque-là, je pense qu'on ne le trouvera pas.

— Ou bien il s'est fait descendre, comme l'autre. Et on n'a rien...

— On verra. Chaque chose en son temps, obtenons déjà le mandat du juge.

Sans répondre, il fit quelque pas, s'approcha du cadavre :

— Avec ce qui en reste... difficile de comparer au tueur du film.

J'en profitai pour jouer ma dernière carte, la plus importante :

— Si ça marche, je t'aurai offert sur un plateau la double consécration. Tu seras en pole position pour remplacer Dugommier. En échange…

— Quoi, en échange ?

— Je veux cinq minutes seul avec Kholodov, quand on ira l'arrêter.

Il secoua la tête :

— Pas question. Kholodov ! Tu ne vas pas me dire que tu as oublié…

— Dans ce cas, je ne témoigne pas. Et sans mon témoignage, pas de mandat. Même l'adresse, je la garde pour moi.

Nous nous faisions face. J'avais plus à perdre que lui s'il refusait… mais lui plus à gagner, s'il acceptait. Il finit par lâcher :

— Deux minutes. Pas une seconde de plus.

— D'accord. Je te laisse finir ici, tu es en charge de l'enquête. Et je suis vanné. On se retrouve à sept heures chez le juge.

Sans attendre, je montai dans l'Audi, passai la première et sortis du terrain vague. Je ne voulais pas que les techniciens examinent ma voiture, avec les traces de sang du *spetsnaz* sur la banquette arrière. Sur le moment, Clouzard était trop étourdi pour y penser… j'avais déjà pris assez de risques.

13. TERRE BRULEE

Dire qu'il se cachait là... à deux pas du musicologue. 27, avenue de Breteuil. J'étais dans la Picasso de Clouzard, à la place du mort. Mon Audi A4 volée pendant la nuit, je l'imaginais déjà désossée. Là où je l'avais garée, ce genre de véhicule ne tenait pas vingt minutes. Il était sept heures trente du matin, le juge avait signé le mandat sans discuter, trop content qu'on lui apporte quelque chose dans cette affaire enlisée depuis le début, harcelé lui aussi par son Ministre...

Clouzard peinait à garder les yeux ouverts. Je lui avais fait un sale coup en interrompant sa nuit d'amour pour le laisser sur un terrain vague, de trois heures à six heures du matin, le temps de faire venir les techniciens et de sécuriser le périmètre. Il avait dû avaler quatre à cinq cafés, triturait son arme...

Il se retourna, regarda autour, comme s'il avait perdu quelque chose, soudain plus agité :

— Où sont les renforts ?

— Si on attend les renforts… L'immeuble doit être surveillé par une de ses équipes. Dix voitures de flics qui débarquent, il s'en ira par une sortie de secours. Il faut y aller maintenant.

Il secoua la tête :

— Trop dangereux…

— Kholodov se laissera faire. Il pense qu'on n'a rien sur lui, qu'il sortira deux heures plus tard avec son avocat… il ne sait pas pour Medvedev. Il a éliminé le tueur. Il ne va pas faire le con, alors qu'il est le seul survivant du quatuor.

Il hésitait encore. Mais au bout, il y avait la gloire. Le grand bureau d'angle, sa photo dans les journaux. Il se décida :

— OK. On y va…

— Attends ! Mes deux minutes tout seul… notre accord…

— Tu déconnes ? Je ne sais plus ce que j'ai dit cette nuit, mais il faudrait être dingue pour te laisser seul avec Kholodov, après l'histoire de l'an dernier. Et même pour toi…

— Tu ne sais plus ? Pas de problème, j'ai enregistré. Une clé USB qui intéressera les journalistes. Ils verront qui a résolu l'affaire. Pas bon pour ta campagne de succession…

Je crus qu'il allait me mettre son poing dans la figure. Son visage graisseux suait plus que d'habitude, ses petits yeux lui donnaient un air de porc. Quel sale type. Il se contint. *Eyes on the prize…* Le bureau de Dugommier étincelait déjà dans sa tête vide. Pas le moment pour lui de tout perdre.

— Enflure !... D'accord, deux minutes. Si tu essaies de me doubler avec cet enregistrement...

Il était capable de me flinguer dans le dos.

— T'en fais pas. L'enregistrement n'est pas non plus à mon honneur.

D'autant qu'il n'existait pas. C'était du bluff, mais avec le stress de l'opération, et après une nuit sans sommeil... ça passait.

J'ouvris la portière. Les pieds sur le trottoir, l'entrée de l'immeuble à trois mètres. Je jetai un œil sur ma gauche : les pelouses de l'avenue de Breteuil étaient vides, aucun mouton. J'essayai de repérer la voiture des *spetsnaz* en surveillance. Je ne vis personne. Des professionnels... ils me voyaient sans être vus. Mais je ne portais pas d'uniforme, j'étais un visiteur quelconque. Ils n'avaient aucune raison de se méfier.

C'est vous le policier... le virtuose... vous trouverez une solution...

Une porte rouge donnant sur la rue. J'avais le code, j'ouvris. La planque était au rez-de-chaussée sur la gauche, pour sortir plus vite en cas de besoin. J'avais deux minutes devant moi. C'était court, j'aurais dû mieux négocier avec Clouzard... trop tard pour y penser.

Soudain... un miracle. La porte de l'appartement s'ouvrit. Une main tatouée à l'effigie des *spetsnaz*, un visage balafré, des cheveux noirs en bataille.

Il sortait prendre l'air.

— Police. Vladimir Kholodov, vous êtes en état d'arrestation, pour le meurtre d'Andreï Joukov.

Dans ses yeux de rapace froid, la stupeur. Mon arme de service était braquée sur lui. Il ne bougeait pas, plissait les paupières, tentait de me reconnaître.

Il me restait quatre-vingt-dix secondes, pas le temps de profiter.

Je tirai, visant la carotide. Il s'écroula. Dans l'appartement, des bruits de pas, des cris. Je fis trois pas, j'étais devant la porte ouverte, deux *spetsnaz* venaient du couloir dans ma direction, armes au poing. Je fis feu deux fois, visant le front, ils tombèrent. Plus personne. Il me restait soixante secondes... peut-être moins, Clouzard avait dû entendre les coups de feu, il n'allait pas traîner. Au sol, Kholodov gémissait, le sang sortait de sa gorge ouverte, comme une source vive, à flots réguliers. Sans lâcher mon arme de service, je sortis le Sig Sauer de ma poche avec ma main gauche, l'installai dans sa main qui mollissait, et forçai son doigt à appuyer sur la détente, impact sur le mur d'en face. J'entendis le buzz de la porte d'entrée de l'immeuble, Clouzard venait de composer le code. Je me relevai, bondit vers le mur et me retournai dans la direction des Russes, arme en position de tir, de profil, au moment où Clouzard pénétrait dans l'entrée, bras tendus, arme au poing.

Il s'approcha d'abord à pas mesurés, avec précaution. Me voyant immobile et sans crainte, il avança, se tourna vers la gauche, découvrit la scène.

— Bordel... je le savais. Quel con, mais quel con...

— C'est fini, Clouzard. On les a eus.

Il se tourna vers moi, incrédule.

— Comment ça, c'est fini ? Je vais devoir expliquer...

Il secoua la tête, ferma les yeux, posa deux doigts sur son front. Je repris :

— On peut tout arranger.

Il ouvrit les yeux, se tourna vers moi. Moins agressif, égaré :

— Comment ?

— Si on raconte ce qui s'est passé... il faudra que tu expliques pourquoi tu m'as laissé entrer seul. Mais il n'y a pas de témoin. On peut dire qu'on est entré ensemble. Kholodov a voulu nous flinguer, nous avons riposté, ses deux *spetsnaz* ont suivi... fin de l'histoire. Et regarde dans sa main : un Sig Sauer. Je suis prêt à parier que c'est celui qui nous manque. Il l'aurait gardé en souvenir, ça serait bien son genre.

Kholodov respirait encore. Dans ses yeux bleus, je croyais voir un mélange de peur, de rage... et d'admiration.

Clouzard reprit :

— Ça ne colle pas. Tu es le seul de nous deux à avoir tiré...

— Tu n'as qu'à tirer aussi. Dans sa tête, au milieu du front. Il n'en a plus pour longtemps, c'est comme s'il était déjà mort. Achève-le. On pourra dire que c'est toi qui l'as eu, tu m'as sauvé la vie. La balle du Sig Sauer n'est pas passée loin.

S'il acceptait, il était mouillé, j'étais tranquille pour la suite. S'il refusait... il risquait gros. En charge de l'enquête, il m'avait laissé prendre les risques tout seul.

Il se décida vite. Deux balles dans le front du dernier Cavalier. Pour compléter la scène, il en tira une dans le ventre du premier cadavre du couloir.

— Il faudra éviter que la balistique regarde de trop près... mais l'affaire est nette, il n'y a pas de raison.

Une demi-heure plus tard, les renforts débarquaient. Puis les techniciens, Dugommier, le juge, les journalistes…

Clouzard fit la une des journaux, avec Dugommier. Je préférais rester dans l'ombre, ça leur convenait aussi. Le juge lança un avis de recherche sur Medvedev. On ne le retrouva jamais.

Deux semaines après la mort de Vladimir Kholodov, je quittais la BSAB. Devant Dugommier, je dis qu'il était temps pour moi de tenter ma chance dans le secteur privé : consultant indépendant, sécurité rapprochée. Il m'encouragea :

— Vous avez toutes les qualités… et ça conviendra mieux à votre caractère.

Deux mois plus tard, Dugommier était promu. Chef de la PJ. Clouzard prenait sa place.

Entre temps, je m'étais installé aux Aspres, dans la maison de Giraldo. Ma maison.

14. ÉPILOGUE

Deux ans ont passé... Je ne m'en lasse pas.

L'air, pour commencer. A mon arrivée au village, sortant de l'Audi A5, il m'a saisi à la gorge. Si pur... A Paris, on finit par oublier, on s'habitue à la saleté en suspension. Ici, il suffit de respirer pour se sentir bien.

Les arbres, ensuite. Ils sont devenus mes amis. Avec eux, je ne serai plus jamais seul. Il faut prendre le temps... Observer leurs feuilles dans le vent, toucher leur écorce, écouter leur murmure. Je les élague avec précaution. Je nettoie les branches coupées, pour éviter les infections. On m'a conseillé d'en abattre deux ou trois, qui sont trop proches de la maison. Pour l'instant, je ne préfère pas. Ils ne font de mal à personne. Pourquoi auraient-ils moins de droits que nous ?

Les plantes, les fleurs... ce n'est pas difficile d'apprendre. Les rosiers, par exemple. Il faut arroser, biner, désherber, ôter les sauvageons (qui étouffent) sans les confondre avec les gourmands (qui rajeunissent), éliminer l'oïdium (taches blanches), et le marssonia (taches noires), pulvériser du fongicide sur les pustules de rouille, exterminer les pucerons à coup d'insecticide. Et chaque année, le grand nettoyage au cuivre. En automne, disposer le buttage pour protéger des gelées, et sur les plus jeunes pousses, un voile d'hivernage, de la base jusqu'en haut. Le neveu de ma voisine me donne des conseils. Je ne lui demande plus d'entretenir le jardin, mais je le laisse utiliser le champ pour ses vaches, et récupérer les herbes hautes pour le foin. Ses génisses avec leur peau en damier noir et blanc, me tiennent aussi compagnie. Je vais les voir, je leur parle, elles m'écoutent. Je leur ai lu des poèmes, la semaine dernière, pour tester leur réaction. Elles semblaient attentives. Elles ne comprennent rien, mais perçoivent peut-être la musique des mots... ou une vibration dans mes cordes vocales ?

J'ai vendu l'appartement parisien. Les fonds me permettent de tenir un moment. Je ne reste pas inactif pour autant. Un contrat avec un groupe international, dont le patron a des projets de développement dans des zones contaminées par la *Bratva*. Je le vois une fois par mois, pour faire le point sur les risques. Ce sont mes seules visites à Paris. Entretien d'une heure, dans son grand bureau avec baie vitrée, boulevard Haussmann. Le reste du temps, on me transmet des rapports, des analyses, je formule des observations. Et je lis, beaucoup.

Je n'ai pas touché au piano, un Fazzioli à queue. Je l'ai fait accorder, pour le principe. Le voir dans cet état… c'était comme un animal malade. Mais je ne sais pas jouer, et n'ai pas envie d'apprendre. Un jour, la voisine m'a dit en sortant de chez elle :

— C'est dommage que vous ne jouiez plus. Maintenant que vous êtes revenu… j'espérais vous entendre à nouveau. Mon mari adorait votre musique.

— On ne fait pas toujours la même chose dans sa vie. Mais vous avez mon disque ?

— Quel disque ?

Je lui ai offert le Liszt de Giraldo. Elle l'apprécie beaucoup. À la voir si vive… une publicité vivante pour Les Aspres. Enfant, elle marchait une heure matin et soir pour se rendre à l'école communale. Ça lui a réussi.

J'ai toujours l'enveloppe sur moi. J'ai parfois la tentation de l'ouvrir… ou de la brûler. Je n'ai fait ni l'un ni l'autre. Après le deuil de Nadya, me souvenir d'une autre perte… à quoi bon ? Cette vie n'est plus la mienne. Le seul risque, c'est qu'il revienne dans mon dos, comme il l'a fait il y a deux ans. Mais Vossel avait raison, c'est fini. Il m'a laissé les Sig Sauer pour que je termine l'histoire, sa part était faite. Je me demande parfois… si je recouvrais la mémoire… saurais-je tirer à deux mains, comme lui dans le parc ? Lui, moi… nous ?

Je regarde la télévision de temps en temps, moins pour me distraire que pour les conversations avec les Asprais. Certaines émissions sont indispensables si on ne veut pas paraître idiot, autour d'une bière au bar-restaurant. Il y a un mois, sur Arte, par hasard… une mise en scène de Lucien Karpiner et Alice Crousset. Toujours la fantaisie onirique, teintée de gravité, l'espoir même dans la noirceur. Et dans l'un des bambins sur le plateau, au bord à droite... j'ai cru reconnaître le petit Herschel. Le même regard précis, les cheveux blonds toujours aussi longs. Il a grandi.

Le bar des Aspres est un lieu tranquille. Aucun risque de surmenage pour le patron. C'est son style de vie. Trois tables, pas plus. Et quatre places debout. Je l'ai convaincu d'acheter une bouteille de Johnnie Walker Blue Label. Il n'en vend qu'à moi, les autres trouvent ça trop cher. Je suis assis, seul, à quinze heures. Je lis un roman. *Mélo*... il ne s'y passe pas grand-chose, mais l'écriture est vivante, les personnages aussi. C'est aussi haletant qu'un roman policier, l'écrivain n'a pas besoin des péripéties.

Plongé dans ma lecture, je ne l'ai pas entendu arriver. Il s'assied en face de moi. Je ne relève pas la tête tout de suite. Un pressentiment...

— Vous n'êtes pas facile à trouver.

Cette voix. Froide et enjouée. Je lève les yeux vers lui. Il a gardé sa barbe, toujours aussi bien taillée, entre le roux et le brun. Derrière moi, je sens une présence... ou plutôt plusieurs. Dans mes membres, comme une paralysie. Le patron du bar est en train de faire la vaisselle au fond.

Il prend la parole à nouveau, désignant les hommes derrière moi :

— Ils sont là pour ma protection. Si je voulais vous tuer, je l'aurais fait chez vous.

Ma respiration reprend, mes organes fonctionnent à nouveau. Il dit vrai ou il ment... dans tous les cas, je n'y peux rien. Je réponds mécaniquement :

— Je vous croyais en Iran...

— J'y étais. Je fais des aller-retours. Bien sûr, les premiers mois, on m'a conseillé de voyager plutôt ailleurs. Mais vous savez, quand on a certaines compétences… il y a toujours des gens importants à qui elles sont utiles.

Je ne réponds pas. Que me veut-il ?

— Vous devriez comprendre. Vous êtes dans le même cas.

— Moi ? Je ne vois pas. Je ne suis plus dans la police…

— Je parle des compétences.

Dans son regard, je discerne… une curiosité amusée. Puisqu'il veut jouer, je réponds :

— Quand je nous imaginais face à face, j'avais une idée. On m'avait parlé de votre thèse… Je l'ai lue depuis.

Comme une lumière qui danse derrière ses iris…

— Vraiment… et qu'en avez-vous pensé ?

— Votre rapprochement entre Marx et Heidegger… le problème, c'est que le paragraphe 74 de *Sein und Zeit* parle d'une communauté organique, unie par un passé. *Le provenir de l'histoire authentique a son poids dans l'être-été…* C'est du fascisme, pas du communisme.

Il éclate de rire :

— Vous croyez qu'il y a une différence entre les deux ?

— Pour un ancien du KGB…

— FSB.

Il me regarde plus sérieusement. Il semble hésiter, puis se décide :

— Puisque nous en sommes là… vous savez pourquoi j'y suis entré ?

— Vous vouliez agir sur le monde... plutôt que le contempler ?

— Sans doute, après coup. Mais l'élément déclencheur... c'était autre chose. Ma fiancée, Anna. Les islamistes l'ont tuée. Au FSB, je pouvais me consacrer à les chasser comme des chiens. C'était la seule voie, pour donner un sens au monde.

Une sorte de tremblement sur sa peau. Si maître de lui, et pourtant... la blessure est toujours là, au fond. Je le considère à nouveau, différemment. Une idée me vient :

— Les circonstances... vous savez que j'aurais pu devenir professeur de lettres, ou attaché culturel d'ambassade ? Si vous aviez poursuivi la carrière de philosophe, on aurait pu se croiser dans des colloques. Peut-être devenir amis ?

— Il n'est pas trop tard. Vous m'avez rendu service, au fond. Je n'ai rien contre vous. Et vos talents... ce serait dommage de les laisser pourrir. Je vous laisse ma carte. J'ai changé de secteur d'activité, moi aussi. Appelez-moi, quand vous en aurez assez du jardinage.

Il se lève. Un signe de tête.

En sortant, il se retourne :

— A bientôt... Monsieur Giraldo.

L'enveloppe dans ma poche droite... ma main se pose dessus.

Dehors, le chant des arbres me parvient faiblement.

Table des matières

1. Une rencontre 7
2. Dix ans après 13
3. Ronces 21
4. Papillon 30
5. Débroussaillage 41
6. Parc et jardin 63
7. Pelouses 78
8. Jardin anglais 89
9. Insectes 101
10. Plan d'eau 106
11. Adieux 127
12. Feuillus 132
13. Terre brûlée 143
14. Épilogue 149